LUCKY LUKE

Im Schatten der Bohrtürme

ZEICHNUNGEN: MORRIS
TEXT: RENÉ GOSCINNY

EGMONT · BERLIN

Was die vielen Freunde der deutschsprachigen Abenteuer von Lucky Luke schon immer wissen wollten ...

Das erste bei Egmont Ehapa erschienene Album des lonesome Cowboy trägt die Nummer 15. Gibt es etwa 14 davor publizierte, mittlerweile nicht mehr lieferbare Bände? Die Antwort ist: Nein! Bis zum Jahre 1978 erschienen in nicht chronologischer Reihenfolge insgesamt 14 Abenteuer im Programm des Koralle-Verlags. Als Morris sich entschlossen hatte, die Rechte für alle weiteren Bände an Egmont Ehapa zu vergeben, musste der Verlag seine neuen Titel mit der Nummerierung 15 beginnen lassen, um Missverständnisse gegenüber den damals noch erhältlichen bisherigen Titeln zu vermeiden. Als die Verträge für diese 14 Bände schließlich ausgelaufen waren, konnte Egmont Ehapa sie nach und nach allesamt in seine Reihe integrieren.

Wer wissen will, um welche Abenteuer es sich handelt, findet hier die detaillierte Aufstellung:

Band 1 Dicke Luft in Dalton City entspricht Band 36 Dalton City
Band 2 Lucky Luke und der Kopfgeldjäger entspricht Band 43 Der Kopfgeldjäger
Band 3 Lucky Luke und der Großfürst entspricht Band 46 Der Großfürst
Band 4 Rächer der Enterbten entspricht Band 38 Jesse James
Band 5 Die verrückte Erbschaft entspricht Band 53 Die Erbschaft von Rantanplan
Band 6 Heiße Hits aus Mexiko entspricht Band 28 Tortillas für die Daltons
Band 7 Ma Daltons saubere Früchtchen entspricht Band 47 Ma Dalton
Band 8 Lucky Luke und der weiße Reiter entspricht Band 50 Der weiße Kavalier
Band 9 Die Geisterstadt entspricht Band 64 Goldrausch
Band 10 Die Daltons werden kuriert entspricht Band 54 Die Daltons und der Psycho-Doc
Band 11 Eine Woche Wilder Westen entspricht Band 66 Eine Woche Wilder Westen
Band 12 Western Circus entspricht Band 62 Western Circus
Band 13 Apachen-Canyon entspricht Band 61 Der Apachen-Canyon
Band 14 Der Kaiser von Amerika entspricht Band 57 Der Kaiser von Amerika

„Lucky Luke – Im Schatten der Bohrtürme“
Zeichnungen: Morris
Text: René Goscinny
Aus dem Französischen von Gudrun Penndorf M.A.
Deutsche Textbearbeitung: Adolf Kabatek
Originaltitel: „À l’ombre des derricks“

Nachdruck 2024
EGMONT EHAPA MEDIA GMBH, Berlin
Egmont Verlagsgesellschaften mbH, Berlin
Verantwortlicher Redakteur: Wolf Stegmaier
Produktmarketing: Jana Rahders
Herstellung: Virginia Illner

Printed in the EU
ISBN der gebundenen Ausgabe: 978-3-7704-3805-1

IM SCHATTEN DER BOHRTÜRME
TRETEN SIE NÄHER, MEINE DAMEN UND HERREN! SEHEN SIE, STAUNEN SIE!
DOC BINGLEY ALLES FÜR DEN HAUSHALT UND DIE GESUNDHEIT
IN DEN VEREINIGTEN STAATEN KANNTE MAN DAS ERDÖL SCHON SEIT VIELEN JAHREN, JEDOCH NUR ALS HEILMITTEL, DESSEN ERFOLGE ZUDEM MEIST AUF EINBILDUNG BERUHTEN...
DAS HILFT GEGEN GALLENKOLIK, VERDORBENEN MAGEN, KRÄTZE...
AUCH GEGEN EINGEWACHSENE NÄGEL?
... UND VOR ALLEM GEGEN EINGEWACHSENE NÄGEL!
GLUCK GLUCK!
PFUI, ABSCHEULICH!
DAS IST DER BESTE BEWEIS FÜR DIE WIRKSAMKEIT EINER ARZNEI!
DA DAS ERDÖL EIGENTLICH ZU GAR NICHTS ZU VERWENDEN WAR, BLIEB ES EINE WENIG GESCHÄTZTE FLÜSSIGKEIT.
JA, ES WAR SOGAR AUSGESPROCHEN LÄSTIG BEI ACKERBAU UND VIEHZUCHT.
MIT DIESEM STÜCK LAND BIN ICH ABER REINGEFALLEN! ALLES GETRÄNKT MIT ERDÖL!
WO MAN GING UND STAND, ERDÖL WAR ÜBERALL. AN DER WASSEROBERFLÄCHE, ...
PFUI!
... AUF WIESEN UND WEIDEN...
PFUI!
SCHNÜFF! SNIF
SELBST BEI DER SUCHE NACH TRINKWASSER STIESS MAN AUF ERDÖL...
VORSICHT! BRUNNEN MIT ERDÖL VERSEUCHT!
MORRIS

EINES SCHÖNEN TAGES DANN ENTDECKTE MAN, DASS ERDÖL EIN HERVORRAGENDER BRENNSTOFF WAR. JETZT WURDE DIE FLÜSSIGKEIT AUF EINMAL SEHR GESCHÄTZT. DOCH WAR ES MEIST REINER ZUFALL, OB MAN ERDÖL FAND ODER NICHT...
DOCH DAS SOLLTE SICH ÄNDERN, UND ZWAR AN EINEM EISKALTEN DEZEMBERABEND IM JAHRE 1857 IN TITUSVILLE IM STAATE PENNSYLVANIA...
TITUSVILLE INN
ZIMMER
MEIN NAME IST DRAKE, OBERST DRAKE. ICH HÄTTE GERN EIN ZIMMER!
WENN SIE SICH HIER EINTRAGEN WÜRDEN, HERR OBERST...
ERDÖLPROSPEKTOR??
JA, ICH HABE VON EINER GESELLSCHAFT DEN AUFTRAG BEKOMMEN, ERDÖL ZU SUCHEN. UND ICH WEISS, WIE ICH DAS MACHE... ICH SUCHE IN DER TIEFE, BOHRE BRUNNEN.
BRUNNEN BOHREN, UM ERDÖL ZU FINDEN???
NATÜRLICH! GUTE NACHT!
DER SPINNT!
2A
DIESES ETWAS VOREILIGE URTEIL MACHT SCHNELL DIE RUNDE...
DRAKE SPINNT!
SIEHT SO AUS, ALS HÄTTE ER SICH MIT BILLY SMITH ZUSAMMENGETAN, DEM SALZWASSERBRUNNENBOHRER...
DIE SPINNEN!
UND DANN WIRD DRAKE AM 27. AUGUST 1859 IN EINER TIEFE VON 23 METERN FÜNDIG, ER ENTDECKT ERDÖL. UNMENGEN ERDÖL! FÜR DIE MENSCHHEIT BRICHT EIN NEUES ZEITALTER AN...
ABER DRAKE, DER SPINNER, LÄSST SICH NICHT IRREMACHEN. MIT HILFE VON BILLY SMITH, ONKEL BILLY GENANNT, BOHRT ER UNVERDROSSEN IM ERDREICH HERUM...
JIPIEEE!!!
DRAKE
MORRIS
2B

IN WINDESEILE VERBREITET SICH DIESE NEUIGKEIT ÜBER DAS GANZE LAND...
IN TITUSVILLE IST ERDÖL GEFUNDEN WORDEN
PONY EXPRESS
... UND DIE FOLGEN LASSEN NICHT AUF SICH WARTEN...
TITUSVILLE
10 MEILEN
IM GEMEINDERAT VON TITUSVILLE WIRD MAN LANGSAM NERVÖS...
MEINE HERREN, WIR MÜSSEN MIT EINEM BEISPIELLOSEN RUN AUF UNSER ERDÖL RECHNEN, DER MÖGLICHERWEISE SOGAR DEN GOLDRAUSCH IN DEN SCHATTEN STELLT! UNSERE STADT WIRD ZUR HÖLLE, WENN WIR NICHT MIT ALLEN MITTELN DIE ORDNUNG AUFRECHTERHALTEN...
... UND ICH KENNE NUR EINEN EINZIGEN, DER DIESER AUFGABE GEWACHSEN WÄRE, NÄMLICH LUCKY LUKE!
BRAVO!
EIN HOCH AUF DEN BÜRGERMEISTER!
WIR SCHICKEN SOFORT EIN TELEGRAMM AN LUCKY LUKE! IM ÜBRIGEN FREUE ICH MICH, DASS DIE BÜRGER VON TITUSVILLE OFFENBAR IHREN KÜHLEN KOPF UND IHRE WÜRDE BEHALTEN HABEN...
GLUCK
GLUCK
PAPA, HIER IM HAUS STEHT ERDÖL IM KELLER!
!
JIPIIIIEEE!!!
WENIG SPÄTER, FERN IM WESTEN...
BLITZTELEGRAMM FÜR SIE, SEÑOR LUKE!
HOTE

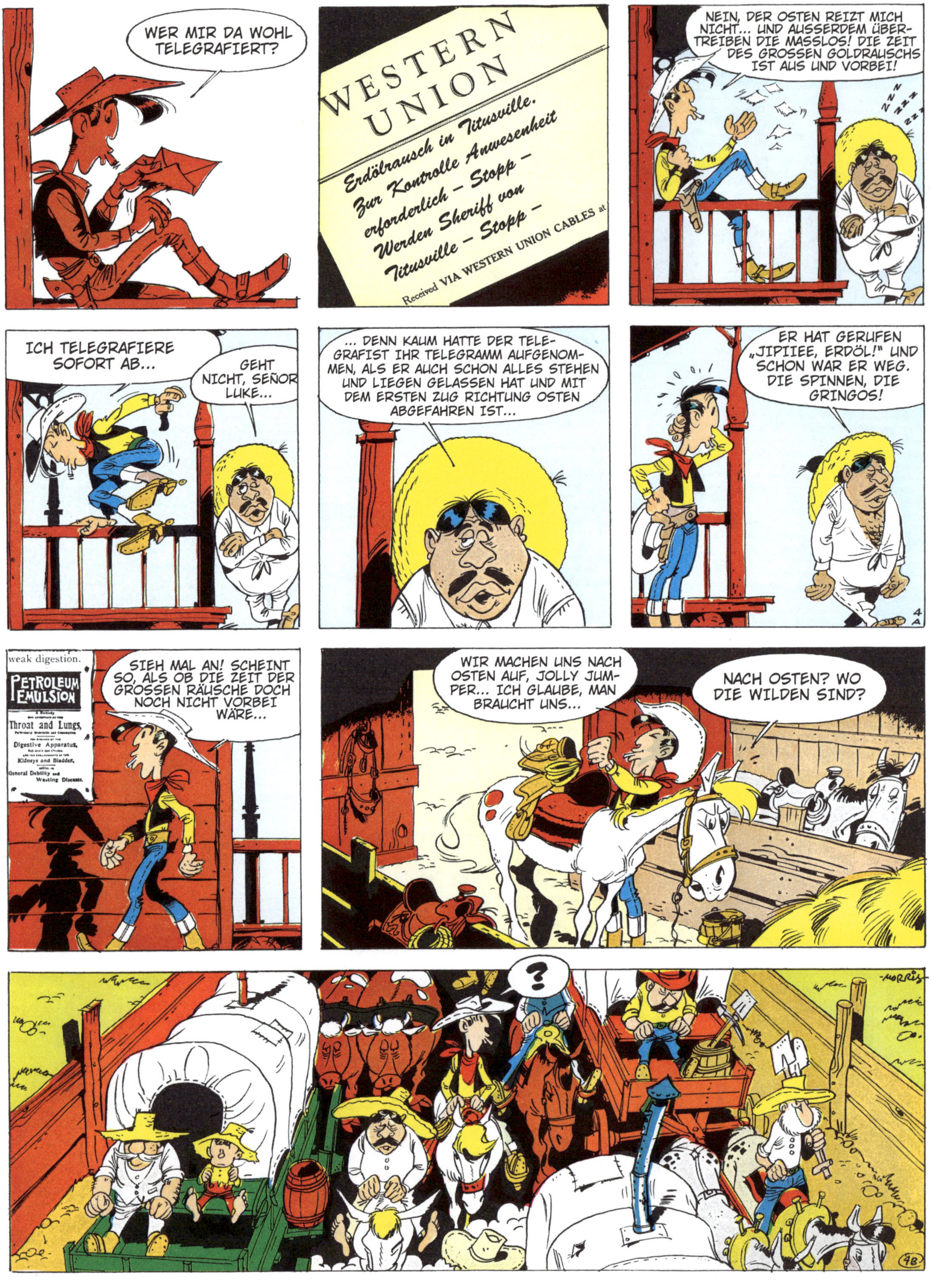

WER MIR DA WOHL TELEGRAFIERT?
WESTERN UNION
Erdölrausch in Titusville. Zur Kontrolle Anwesenheit erforderlich – Stopp – Werden Sheriff von Titusville – Stopp –
Received VIA WESTERN UNION CABLES at
NEIN, DER OSTEN REIZT MICH NICHT... UND AUSSERDEM ÜBERTREIBEN DIE MASSLOS! DIE ZEIT DES GROSSEN GOLDRAUSCHS IST AUS UND VORBEI!
ICH TELEGRAFIERE SOFORT AB...
GEHT NICHT, SEÑOR LUKE...
... DENN KAUM HATTE DER TELEGRAFIST IHR TELEGRAMM AUFGENOMMEN, ALS ER AUCH SCHON ALLES STEHEN UND LIEGEN GELASSEN HAT UND MIT DEM ERSTEN ZUG RICHTUNG OSTEN ABGEFAHREN IST...
ER HAT GERUFEN „JIPIIEE, ERDÖL!" UND SCHON WAR ER WEG. DIE SPINNEN, DIE GRINGOS!
weak digestion.
PETROLEUM EMULSION
Throat and Lungs,
Digestive Apparatus,
Kidneys and Bladder,
General Debility and Wasting Diseases.
SIEH MAL AN! SCHEINT SO, ALS OB DIE ZEIT DER GROSSEN RÄUSCHE DOCH NOCH NICHT VORBEI WÄRE...
WIR MACHEN UNS NACH OSTEN AUF, JOLLY JUMPER... ICH GLAUBE, MAN BRAUCHT UNS...
NACH OSTEN? WO DIE WILDEN SIND?
?
MORRIS

SEHEN SIE SICH DEN ZUG NACH TITUSVILLE AN...
ZUM LETZTEN MAL! VERLASSEN SIE DEN SCHORNSTEIN!
SIE HABEN EIN ROLLIERENDES SYSTEM. ALLE 50 KILOMETER WERDEN DIE AUSSEN- UND INNENPLÄTZE GETAUSCHT, ALSO REIN IN DEN WAGON, RAUS AUS DEM WAGON! ÄRGERLICH IST NUR, DASS BALD KEINE ZÜGE MEHR FAHREN, WEIL NÄMLICH DIE LOKFÜHRER GLEICH IN TITUSVILLE BLEIBEN, UM IHR GLÜCK ZU VERSUCHEN...
NACH MEHREREN TAGEN AUF ÜBERFÜLLTEN STRASSEN...
WAS RIECHT DENN DA SO WIDERLICH?
DAS BESTE PARFÜM DER WELT! DER DUFT VON ERDÖL!
SNIF
SNIF
SNIF
WIR SIND DA, OLD BOY!
ICH GLAUB, DAS WIRD EIN WILDER TANZ!
TITUSVILLE HAUPTSTADT DES ERDÖLS
Fremder, kommst du nach Westen, sage, du habest sie Bohnen gesehen – ohne Gesetz und Moral
SCHAU DIR DIE BÜHNE FÜR UNSERE NÄCHSTEN HELDENTATEN AN, JOLLY!
UND WEGEN SO WAS HABEN WIR DIE SAFTIGEN PRÄRIEN DES WESTENS VERLASSEN!

ZUM FÜNDIGEN ÖLSUCHER
HOTEL AM BOHRTURM
ERDÖLTONNE GRANDHOTEL
PFUI, DA BRAUCHT MAN JA GUMMI-STIEFEL!
J. FRASER DENTIST
BIN BEIM BOHREN
SAMUEL T. BONE ARZT
GESCHLOSSEN WEGEN ÖLSUCHE
D. BLACK
INSTITUT
BIN BEIM GRABEN
NEIN!
IN TITUSVILLE IST RAUCHVERBOT!
UND WARUM BITTE?
EIN FUNKE AN DER RICHTIGEN STELLE GENÜGT, UM GANZ TITUSVILLE HOCHZUJAGEN! DIE STADT ERSÄUFT DOCH GERADEZU IN ERDÖL. DER STRASSENDRECK BESTEHT AUS ÖLSCHLAMM. SIE BOHREN ÜBERALL, SOGAR IN HÄUSERN UND VORGÄRTEN...
WIE KOMME ICH ZUM RATHAUS?
DA LANG!
DANKE.
KEINE URSACHE.
WIE DIE ZEIT VERGEHT! ICH MUSS SCHLEUNIGST IM BAD BOHREN. MIR WAR DOCH SO, ALS OB DAS BADEWASSER NACH ÖL GEROCHEN HÄTTE...

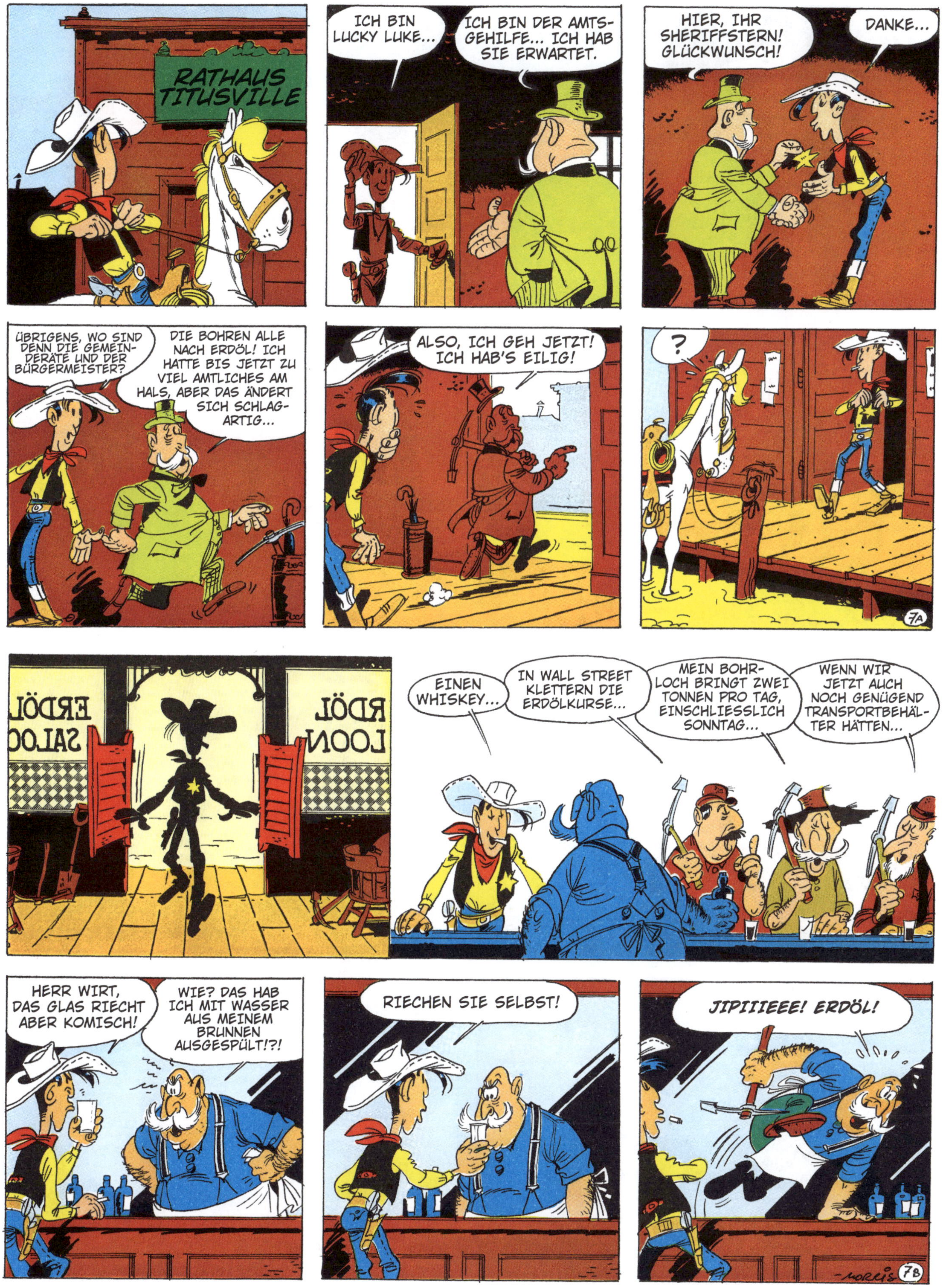
RATHAUS TITUSVILLE
ICH BIN LUCKY LUKE...
ICH BIN DER AMTS-GEHILFE... ICH HAB SIE ERWARTET.
HIER, IHR SHERIFFSTERN! GLÜCKWUNSCH!
DANKE...
ÜBRIGENS, WO SIND DENN DIE GEMEINDERÄTE UND DER BÜRGERMEISTER?
DIE BOHREN ALLE NACH ERDÖL! ICH HATTE BIS JETZT ZU VIEL AMTLICHES AM HALS, ABER DAS ÄNDERT SICH SCHLAGARTIG...
ALSO, ICH GEH JETZT! ICH HAB'S EILIG!
?
7A
EINEN WHISKEY...
IN WALL STREET KLETTERN DIE ERDÖLKURSE...
MEIN BOHRLOCH BRINGT ZWEI TONNEN PRO TAG, EINSCHLIESSLICH SONNTAG...
WENN WIR JETZT AUCH NOCH GENÜGEND TRANSPORTBEHÄLTER HÄTTEN...
HERR WIRT, DAS GLAS RIECHT ABER KOMISCH!
WIE? DAS HAB ICH MIT WASSER AUS MEINEM BRUNNEN AUSGESPÜLT!?!
RIECHEN SIE SELBST!
JIPIIIEEE! ERDÖL!
MORRIS
7B

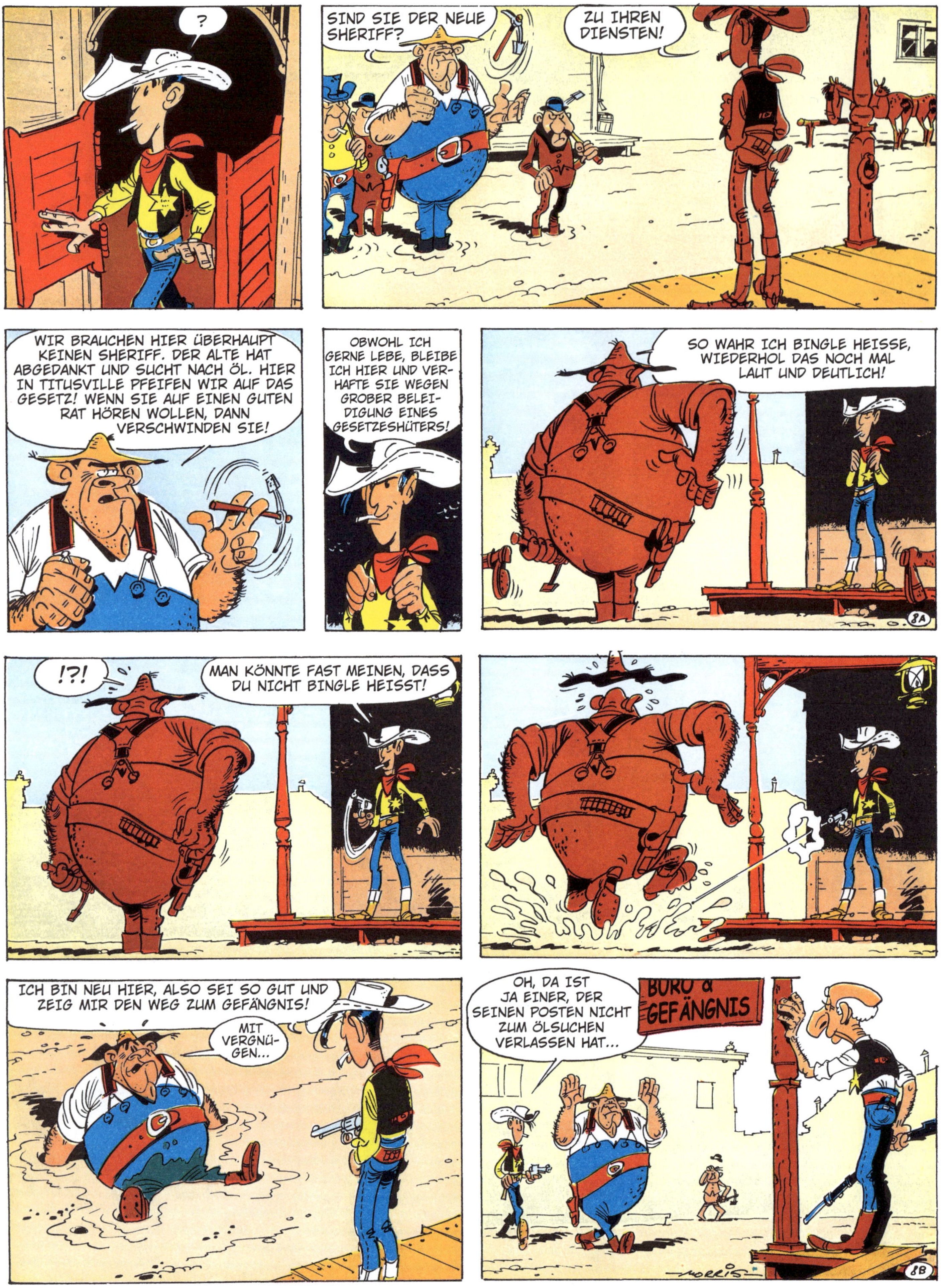
?
SIND SIE DER NEUE SHERIFF?
ZU IHREN DIENSTEN!
WIR BRAUCHEN HIER ÜBERHAUPT KEINEN SHERIFF. DER ALTE HAT ABGEDANKT UND SUCHT NACH ÖL. HIER IN TITUSVILLE PFEIFEN WIR AUF DAS GESETZ! WENN SIE AUF EINEN GUTEN RAT HÖREN WOLLEN, DANN VERSCHWINDEN SIE!
OBWOHL ICH GERNE LEBE, BLEIBE ICH HIER UND VERHAFTE SIE WEGEN GROBER BELEIDIGUNG EINES GESETZESHÜTERS!
SO WAHR ICH BINGLE HEISSE, WIEDERHOL DAS NOCH MAL LAUT UND DEUTLICH!
8A
!?!
MAN KÖNNTE FAST MEINEN, DASS DU NICHT BINGLE HEISST!
ICH BIN NEU HIER, ALSO SEI SO GUT UND ZEIG MIR DEN WEG ZUM GEFÄNGNIS!
MIT VERGNÜGEN...
OH, DA IST JA EINER, DER SEINEN POSTEN NICHT ZUM ÖLSUCHEN VERLASSEN HAT...
BÜRO & GEFÄNGNIS
MORRIS
8B

BÜRO & GEFÄNGNIS
SALUT!
SALUT, SHERIFF...
ICH HEISSE JIGS, SAM JIGS, HILFSSHERIFF UND GEFÄNGNISWÄRTER.
SEHR ERFREUT, JIGS, AUCH DARÜBER, DASS SIE AUF IHREM POSTEN GEBLIEBEN SIND UND SICH NICHT VOM ERDÖLFIEBER HABEN ANSTECKEN LASSEN!
ERDÖL! REDEN WIR NICHT DAVON!
ABSCHEULICHES GESÖFF! ABSOLUT UNGENIESSBAR! HAT GANZ TITUSVILLE VERDORBEN...
IN DER GUTEN ALTEN ZEIT WAR DAS GEFÄNGNIS STÄNDIG ÜBERFÜLLT...
HIER BRINGE ICH EINEN GEFANGENEN, AUF DEN SIE AUFPASSEN MÜSSEN...
9A
DEN HÜTE ICH WIE MEINEN AUGAPFEL!
ABER, SHERIFF, SIE KÖNNEN MICH DOCH NICHT EINFACH EINSPERREN! ICH MUSS WEITERBOHREN...
SHERIFF! KEINE SCHERZE BITTE!
BIS SPÄTER, JIGS...
SHERIFF! WENN ICH FÜNDIG WERDE, TEILE ICH MIT IHNEN! SHERIFF!
JETZT SEHEN WIR UNS MAL DEN MANN AN, DER FÜR DEN RUMMEL HIER VERANTWORTLICH IST...
OBERST DRAKE? DEN FINDEN SIE BEI SEINEM BOHRLOCH AUF DEM FRÜHEREN GRUNDSTÜCK VON WATSON.
DANKE, AMIGO!
MORRIS
9B

OBERST DRAKE?
DER NÄMLICHE...
ICH BIN LUCKY LUKE, DER NEUE SHERIFF.
HOCHERFREUT, SIE ZU SEHEN, SHERIFF... IHRE ANWESENHEIT IN TITUSVILLE IST NACHGERADE LEBENSNOTWENDIG!
ICH HABE MIT BILLY SMITH, MEINEM KOMPAGNON, UNSER BOHRLOCH KAUM FERTIG GEHABT, ALS HIER DIE HÖLLE LOSBRACH...
YEAH.
DIE LEUTE HABEN DEN VERSTAND VERLOREN! FÜR SIE GIBT ES AUF DER WELT NUR NOCH ERDÖL. SOGAR DAS WASSER WIRD HIER IN DER GEGEND SCHON KNAPP. ALS ICH DAMALS ANKAM, HABEN SIE MICH ALS SPINNER AUSGELACHT!
YEAH.
DIESE GERÜSTE WERDEN DERRICKS GENANNT, NACH DEM IRISCHEN WORT FÜR „GALGEN". UND WIRKLICH, MANCH EINER RISKIERT HIER KOPF UND KRAGEN...
YEAH.
KOMMEN SIE, WIR SEHEN UNS MAL DAS ÖLFELD AN...
ICH DARF GAR NICHT DARAN DENKEN, DASS ICH DER AUSLÖSER FÜR DAS ALLES WAR...
MORRIS

FRÜHER WAR DAS HIER GUTES WEIDE-LAND...
OHNE FLACHS?
ACME OIL Co INC.
WORAN ERKENNEN DIE ÖLSUCHER DIE RICHTIGEN STELLEN ZUM BOHREN?
DAS WERDEN SIE GLEICH SEHEN! DA KOMMT EINER...
FLOTSCH
DAS IST DIE GÄNGIGSTE METHODE. ANDERE SPUCKEN IN DIE LUFT ODER WERFEN MIT VERBUNDENEN AUGEN EIN HUFEISEN ODER IHRE HACKE HOCH...
ACH WAS...
MARTIN
JONES
DU ZAPFST AN MEINER QUELLE MIT!
ICH WAR VOR DIR DA!
SOBALD EINER FÜNDIG GEWORDEN IST, KOMMT SOFORT EIN ZWEITER UND BOHRT DIREKT DANEBEN UND PROFITIERT SO VOM LAGER DES ERSTEN. EINE BOHRUNG GRÄBT DER ANDEREN DAS ÖL AB. KEIN WUNDER, DASS ES STREIT GIBT...
MORRIS

DIESES GEBIET IST OHNE RECHT UND GESETZ! IHRE AUFGABE WIRD HART, LUCKY LUKE!
DAS ALLES IST NICHT ERMUTIGEND...
DANN ABER NICHTS WIE ZURÜCK IN DEN WESTEN!
WIE? JIGS IST WEG?
LASSEN SIE MICH WIEDER ZUM BOHREN, SHERIFF!
DA DRIN SIND SIE BESSER AUFGEHOBEN!
SHERIFF, KOMMEN SIE SCHNELL! SIE WOLLEN EINEN AUFHÄNGEN!
SHERIFF
12A
AUFHÖREN!!
DAS GEHT SIE NICHTS AN, SHERIFF!
WAS HAT DER MANN VERBROCHEN?
ER IST EIN BANDIT!
ER HAT FÄSSER GESTOHLEN!
WIR HABEN VIEL ZU WENIGE BEHÄLTER FÜR DAS ÖL. EIN MANN, DER ÖLFÄSSER STIEHLT, IST GEMEINGEFÄHRLICH!
MORRIS
DER MANN WIRD VOR EIN ORDENTLICHES GERICHT GESTELLT!
DANKE, SHERIFF! ICH BIN UNSCHULDIG! ICH KANN EIN FASS NICHT VON EINER TROMMEL UNTERSCHEIDEN...
12B

DAS GERICHT IST DA VORN, IMMER GERADEAUS...
!
GERICHT VON TITUSVILLE
GESCHLOSSEN! Der Richter bohrt ein neues Loch
SOFORT HOLT IHR MIR DEN RICHTER! UND WENN ER NICHT AUF DER STELLE HERKOMMT, MELDE ICH'S DER REGIERUNG!
JETZT WAR ICH BEINAHE FÜNDIG! ICH KONNTE ES SCHON RIECHEN!
ÖFFNEN SIE DIE TÜR! WALTEN SIE IHRES AMTES!
GUT. ABER RASCH! ICH HABE NOCH WAS ANDERES ZU TUN...
RUHE! WAS HAT DER BESCHULDIGTE GETAN?
HERR RICHTER! IHRE BOHRUNG IST FÜNDIG! DAS ERDÖL SPRUDELT TONNENWEISE!
JIPIIIEEE!
HERR RICHTER, ICH HAB FÄS-SER! ICH ÜBERLASSE SIE IHNEN BESONDERS GÜNSTIG!
SHERIFF, ICH FINDE AUCH, DASS DIESE STADT ABSOLUT DISZIPLINLOS IST... GESTATTEN, BARRY BLUNT AUS TEXAS. ICH HABE VOR, HIER IN TITUSVILLE MAL HART DURCH-ZUGREIFEN...
MORRIS
138

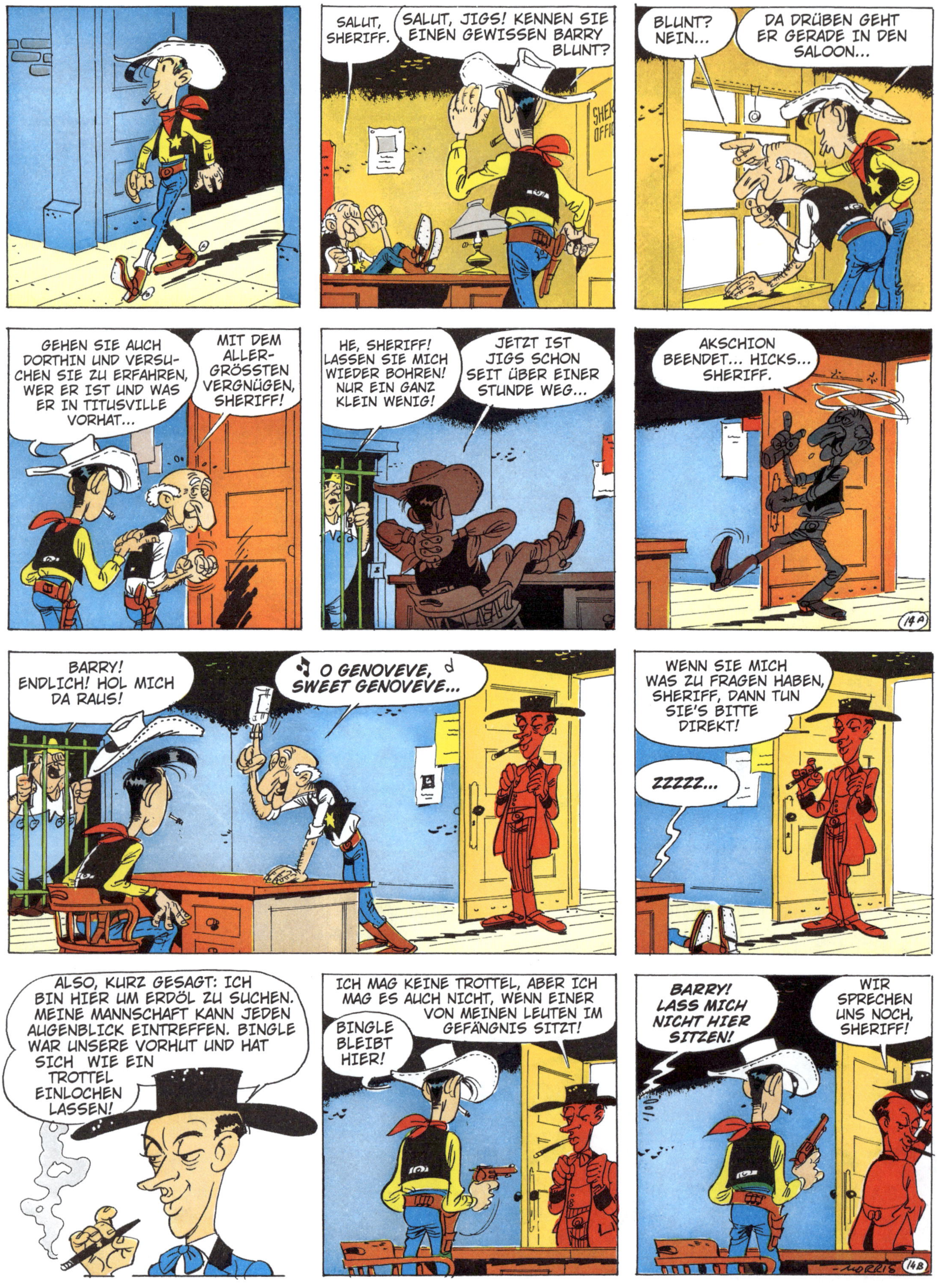
SALUT, SHERIFF.
SALUT, JIGS! KENNEN SIE EINEN GEWISSEN BARRY BLUNT?
BLUNT? NEIN...
DA DRÜBEN GEHT ER GERADE IN DEN SALOON...
GEHEN SIE AUCH DORTHIN UND VERSUCHEN SIE ZU ERFAHREN, WER ER IST UND WAS ER IN TITUSVILLE VORHAT...
MIT DEM ALLERGRÖSSTEN VERGNÜGEN, SHERIFF!
HE, SHERIFF! LASSEN SIE MICH WIEDER BOHREN! NUR EIN GANZ KLEIN WENIG!
JETZT IST JIGS SCHON SEIT ÜBER EINER STUNDE WEG...
AKSCHION BEENDET... HICKS... SHERIFF.
BARRY! ENDLICH! HOL MICH DA RAUS!
O GENOVEVE, SWEET GENOVEVE...
WENN SIE MICH WAS ZU FRAGEN HABEN, SHERIFF, DANN TUN SIE'S BITTE DIREKT!
ZZZZZ...
ALSO, KURZ GESAGT: ICH BIN HIER UM ERDÖL ZU SUCHEN. MEINE MANNSCHAFT KANN JEDEN AUGENBLICK EINTREFFEN. BINGLE WAR UNSERE VORHUT UND HAT SICH WIE EIN TROTTEL EINLOCHEN LASSEN!
ICH MAG KEINE TROTTEL, ABER ICH MAG ES AUCH NICHT, WENN EINER VON MEINEN LEUTEN IM GEFÄNGNIS SITZT!
BINGLE BLEIBT HIER!
BARRY! LASS MICH NICHT HIER SITZEN!
WIR SPRECHEN UNS NOCH, SHERIFF!
MORRIS

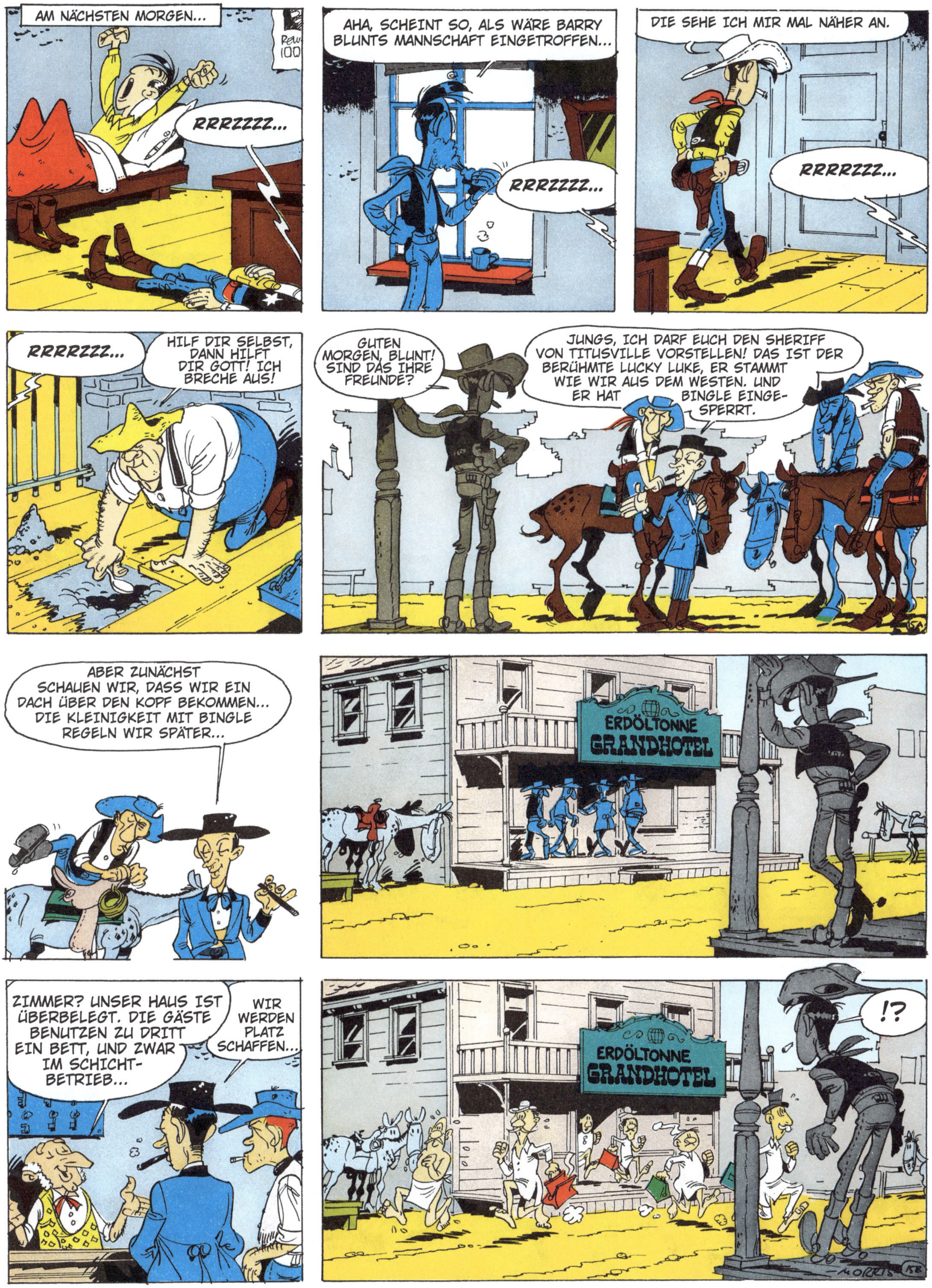
AM NÄCHSTEN MORGEN...
RRRZZZZ...
AHA, SCHEINT SO, ALS WÄRE BARRY BLUNTS MANNSCHAFT EINGETROFFEN...
RRRZZZZ...
DIE SEHE ICH MIR MAL NÄHER AN.
RRRRZZZ...
RRRRZZZ...
HILF DIR SELBST, DANN HILFT DIR GOTT! ICH BRECHE AUS!
GUTEN MORGEN, BLUNT! SIND DAS IHRE FREUNDE?
JUNGS, ICH DARF EUCH DEN SHERIFF VON TITUSVILLE VORSTELLEN! DAS IST DER BERÜHMTE LUCKY LUKE, ER STAMMT WIE WIR AUS DEM WESTEN. UND ER HAT BINGLE EINGESPERRT.
ABER ZUNÄCHST SCHAUEN WIR, DASS WIR EIN DACH ÜBER DEN KOPF BEKOMMEN... DIE KLEINIGKEIT MIT BINGLE REGELN WIR SPÄTER...
ERDÖLTONNE GRANDHOTEL
ZIMMER? UNSER HAUS IST ÜBERBELEGT. DIE GÄSTE BENUTZEN ZU DRITT EIN BETT, UND ZWAR IM SCHICHTBETRIEB...
WIR WERDEN PLATZ SCHAFFEN...
ERDÖLTONNE GRANDHOTEL
!?
MORRIS

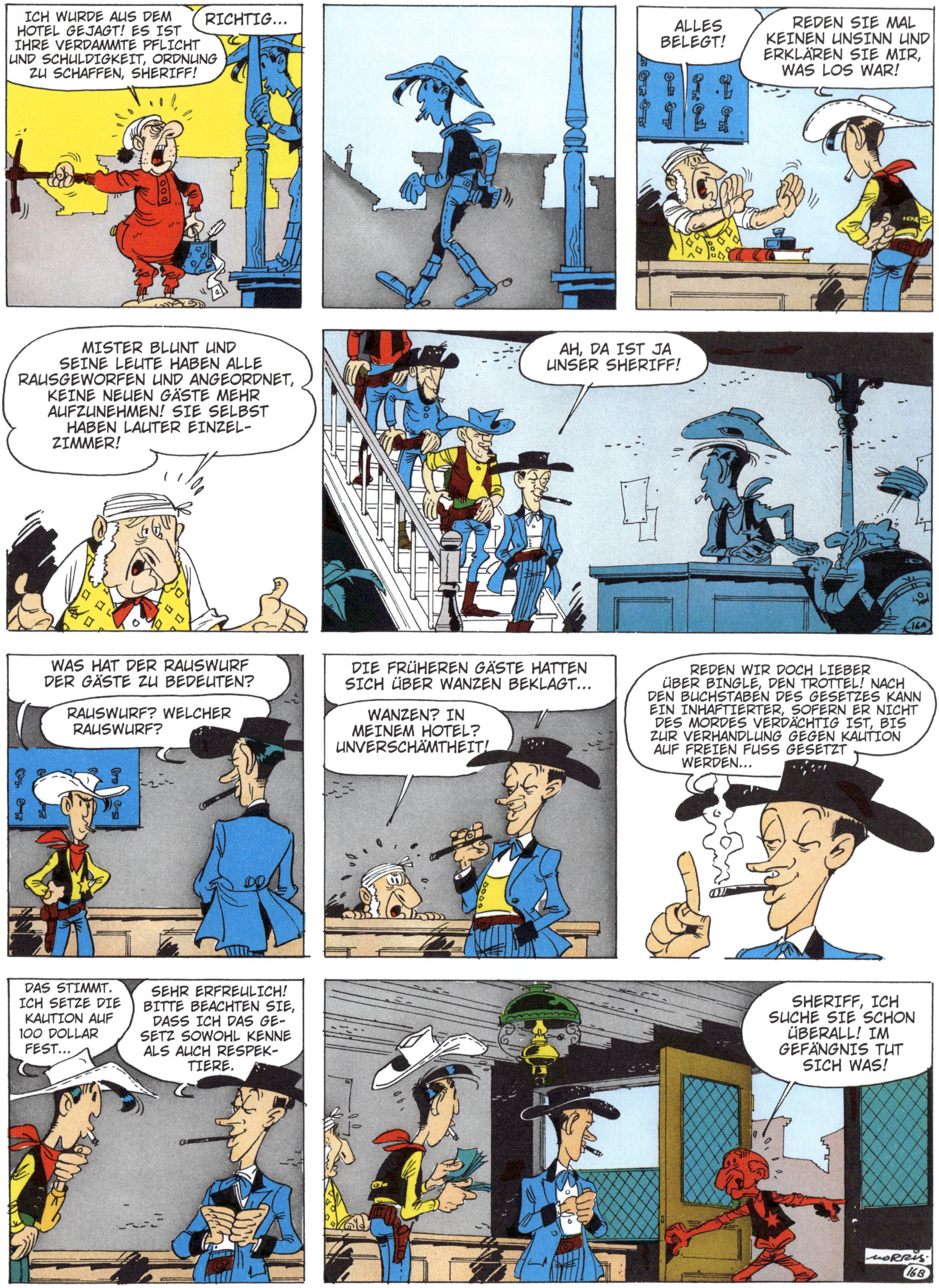
ICH WURDE AUS DEM HOTEL GEJAGT! ES IST IHRE VERDAMMTE PFLICHT UND SCHULDIGKEIT, ORDNUNG ZU SCHAFFEN, SHERIFF!
RICHTIG…
ALLES BELEGT!
REDEN SIE MAL KEINEN UNSINN UND ERKLÄREN SIE MIR, WAS LOS WAR!
MISTER BLUNT UND SEINE LEUTE HABEN ALLE RAUSGEWORFEN UND ANGEORDNET, KEINE NEUEN GÄSTE MEHR AUFZUNEHMEN! SIE SELBST HABEN LAUTER EINZEL-ZIMMER!
AH, DA IST JA UNSER SHERIFF!
WAS HAT DER RAUSWURF DER GÄSTE ZU BEDEUTEN?
RAUSWURF? WELCHER RAUSWURF?
DIE FRÜHEREN GÄSTE HATTEN SICH ÜBER WANZEN BEKLAGT…
WANZEN? IN MEINEM HOTEL? UNVERSCHÄMTHEIT!
REDEN WIR DOCH LIEBER ÜBER BINGLE, DEN TROTTEL! NACH DEN BUCHSTABEN DES GESETZES KANN EIN INHAFTIERTER, SOFERN ER NICHT DES MORDES VERDÄCHTIG IST, BIS ZUR VERHANDLUNG GEGEN KAUTION AUF FREIEN FUSS GESETZT WERDEN…
DAS STIMMT. ICH SETZE DIE KAUTION AUF 100 DOLLAR FEST…
SEHR ERFREULICH! BITTE BEACHTEN SIE, DASS ICH DAS GE-SETZ SOWOHL KENNE ALS AUCH RESPEK-TIERE.
SHERIFF, ICH SUCHE SIE SCHON ÜBERALL! IM GEFÄNGNIS TUT SICH WAS!
MORRIS

WAS DENN? ICH KOMME...
SIE WERDEN´S SEHEN!
!
!
JIPIIEEE!
SHERIFF BÜRO & GEFÄNGNIS
GEFÄNGNIS
ICH WAR GERADE DABEI, EINEN TUNNEL ZUM AUSBRECHEN ZU GRABEN, ALS DAS ERDÖL SPRUDELTE... ICH BIN REICH!
SIE SIND FREI, BINGLE! BARRY BLUNT HAT EINE KAUTION FÜR SIE GEZAHLT...
FREI?
ICH WILL ABER GAR NICHT RAUS AUS DIESER WUNDERHÜBSCHEN ZELLE...
GESETZ IST GESETZ!
NEIN! NEIN! ICH BIN EIN VERSTOCKTER SÜNDER, EIN TRIEBTÄTER ÜBELSTER ART...
SOFORT RAUS HIER!
ICH HAB MEINE KLEINEN BRÜDER VERPRÜGELT!
UFF!... UND JETZT SCHAUFELN SIE DIESES VÖLLIG DEPLATZIERTE LOCH WIEDER ZU, JIGS!
MIT VERGNÜGEN... DAS ZEUG KANN MAN WIRKLICH NICHT TRINKEN... ICH HAB'S MAL VERSUCHT...
MORRIS

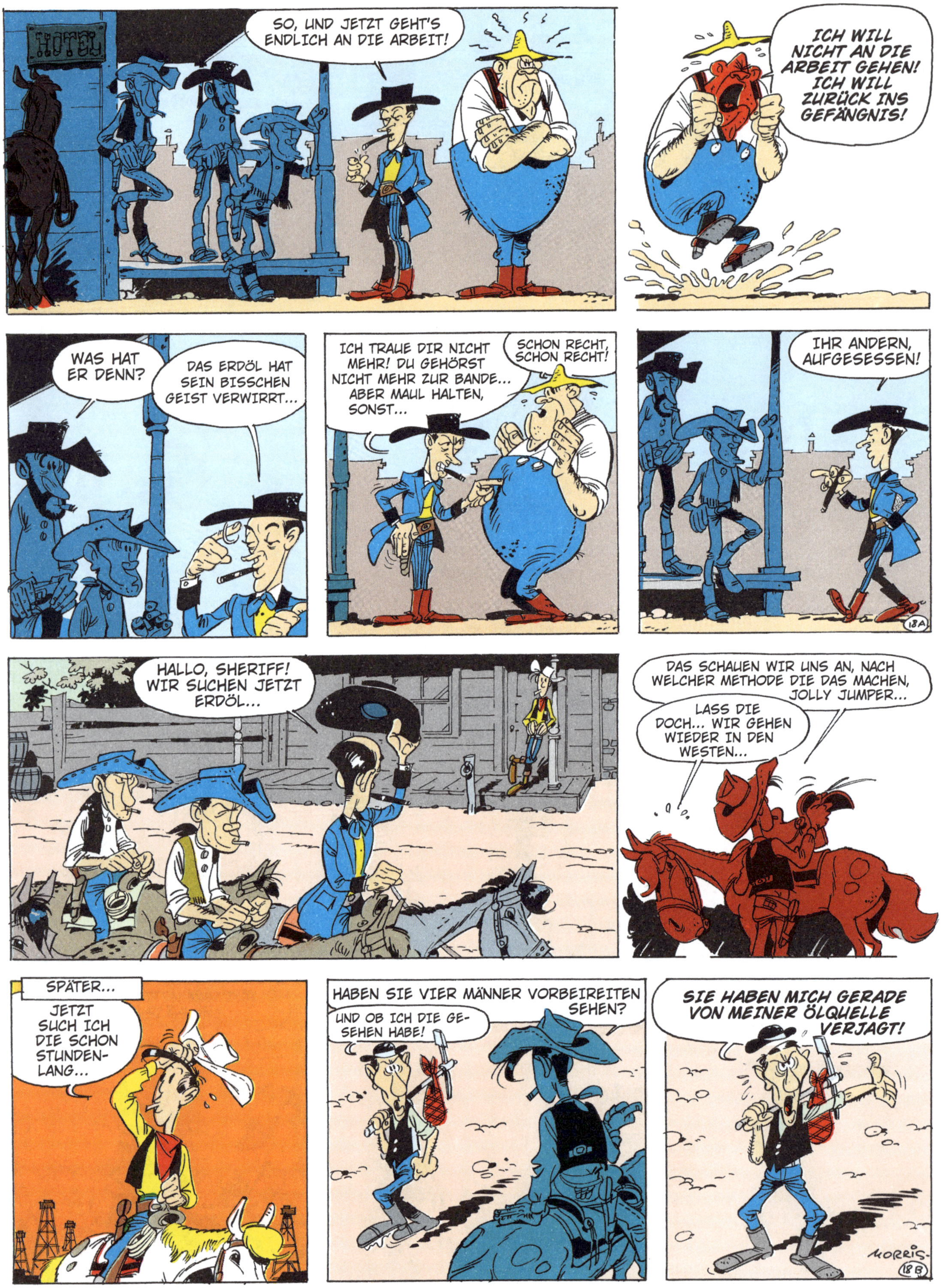
SO, UND JETZT GEHT'S ENDLICH AN DIE ARBEIT!
ICH WILL NICHT AN DIE ARBEIT GEHEN! ICH WILL ZURÜCK INS GEFÄNGNIS!
WAS HAT ER DENN?
DAS ERDÖL HAT SEIN BISSCHEN GEIST VERWIRRT…
ICH TRAUE DIR NICHT MEHR! DU GEHÖRST NICHT MEHR ZUR BANDE… ABER MAUL HALTEN, SONST…
SCHON RECHT, SCHON RECHT!
IHR ANDERN, AUFGESESSEN!
18A
HALLO, SHERIFF! WIR SUCHEN JETZT ERDÖL…
DAS SCHAUEN WIR UNS AN, NACH WELCHER METHODE DIE DAS MACHEN, JOLLY JUMPER…
LASS DIE DOCH… WIR GEHEN WIEDER IN DEN WESTEN…
SPÄTER…
JETZT SUCH ICH DIE SCHON STUNDENLANG…
HABEN SIE VIER MÄNNER VORBEIREITEN SEHEN?
UND OB ICH DIE GESEHEN HABE!
SIE HABEN MICH GERADE VON MEINER ÖLQUELLE VERJAGT!
MORRIS
18B

FÜHREN SIE MICH ZU IHRER ÖLQUELLE!
AUF KEINEN FALL! ICH BIN NICHT LEBENSMÜDE...
SIE FÜHREN MICH, HABE ICH GESAGT!
DA GIBT'S TAGE... ALLE WOLLEN EINEN NIEDERSCHIESSEN!
DIE HIER...
SALUT, SHERIFF! DA STAUNEN SIE, WAS? GLEICH AM ERSTEN TAG HATTEN WIR DAS GLÜCK, AUF ÖL ZU STOSSEN...
SMITH
BLUNT
DIESER MANN BESCHULDIGT SIE, IHM SEINE QUELLE GESTOHLEN ZU HABEN.
GESTOHLEN? ABER WIR HABEN IHM DOCH GELD DAFÜR GEGEBEN! ER HAT ES BESTIMMT NOCH IN DER TASCHE!
MIT DEM REVOLVER HABEN SIE MICH GEZWUNGEN, DAS DA ZU NEHMEN... UND AUSSERDEM MUSSTE ICH EINEN KAUFVERTRAG UNTERSCHREIBEN!
DAS IST ALBERN UND NIEDERTRÄCHTIG!
MIT DEM REVOLVER, JUNGS, HABT IHR DAS GEHÖRT? HAT HIER EINER SEINEN REVOLVER GEZOGEN?
SEINEN WAS?
WANN DENN?
UND WESWEGEN?
ICH WERDE VERLEUMDUNGSKLAGE GEGEN DIESEN MANN ERHEBEN!
SCHON RECHT, ICH HABE VERSTANDEN! ICH GEHE NACH NEW YORK IN MEINEN KRAMLADEN ZURÜCK, WO ICH AM BESTEN GEBLIEBEN WÄRE!

SIE MÜSSEN WISSEN, ICH WAR FRÜHER RECHTSANWALT...
... UND OBGLEICH ICH WEGEN EINIGER LÄPPISCHER UNREGELMÄSSIGKEITEN KEINE ZULASSUNG MEHR HABE, KENNE ICH MICH DOCH MIT DEN GESETZEN AUS.
BEI EINEM SOLCHEN GEGENSPIELER WERDE ICH WOHL AUFPASSEN MÜSSEN.
FINDE ICH AUCH...
WAS IST DENN SCHON WIEDER?
SALOON ZUM FÜNDIGEN ÖLSUCHER
KRÄSCH... BINNG! BLAMM!
WZZZZ
SHERIFF, DER HAUT ALLES GRUNDLOS KURZ UND KLEIN!
STIMMT, SHERIFF! GEHT ALLES AUF MEIN KONTO! SPERREN SIE MICH EIN! ICH BIN EIN ÜBELTÄTER!
ICH GLAUBE NICHT, DASS SIE VON GRUND AUF SCHLECHT SIND, BINGLE! ICH LASSE GNADE VOR RECHT ERGEHEN.
ABER ICH BIN WIRKLICH SCHLECHT! DER ABSCHAUM ALLER SCHLECHTIGKEIT, EHRENWORT!
?!
GEBEN SIE IHM LOKALVERBOT, HERR WIRT!
ABER, SHERIFF...
ES GIBT KEINE GERECHTIGKEIT MEHR...
MORRIS

SIND SIE JASPER?
YEAH.
JASPER
NA, WIE LÄUFT'S?
KANN MICH NICHT BEKLAGEN...
SEHR GUT. ICH KAUFE IHRE ANLAGE FÜR EINEN DOLLAR...
WIE BITTE?
HAU AB, DU BANDIT!
?!
SIE MACHEN EINEN FEHLER... ERDÖL IST EINE FLÜSSIGKEIT MIT HÖCHST GEFÄHRLICHEN NEBENWIRKUNGEN...
21A
UND IN DER NACHT...
HAST DU AUCH DIE STREICH-HÖLZER NICHT VERGESSEN?
NEIN. ABER ICH FRAGE MICH, OB DAS GANZE NICHT DOCH GEFÄHRLICH IST...
KURZ DARAUF...
FEUER!
EIN BOHRLOCH STEHT IN FLAMMEN!
LOS, LOS, JIGS!
DAS BOHRLOCH VOM ALTEN JASPER BRENNT! WENN ES NICHT SCHNELLSTENS GELÖSCHT WIRD, GEHT HIER ALLES IN DIE LUFT!
IST DIE FEUERWEHR ALARMIERT?
FEUERWEHR? ES GIBT KEINE HIER IN TITUS-VILLE... DARAN HAT KEINER IM TRAUM GEDACHT!
-MORRIS-
21B

ALLE VERFÜGBAREN MÄNNER ZU JASPERS BOHRLOCH!
22A
AUSGESPROCHENES PECH, SO WAS! MEINE LEUTE UND ICH SELBST STEHEN ALS GUTE MITBÜRGER SELBSTVERSTÄNDLICH BEI DER EINDÄMMUNG DIESER FEUERSBRUNST ZUR VERFÜGUNG...
DABEI HAT ER SELBST DEN BRAND GELEGT!!
STREITET EUCH SPÄTER! JETZT WIRD ERST GELÖSCHT!
22B
WIR BRAUCHEN WASSER!
NEIN, MAN NIMMT DOCH KEIN WASSER ZUM LÖSCHEN EINES BRENNENDEN BOHRLOCHES!
WIR BRAUCHEN DYNAMIT! DIE EXPLOSION WÜRDE DEN BRAND LÖSCHEN... IM ALLGEMEINEN WAR MEIN KUMPEL JOE FÜR SO ETWAS ZUSTÄNDIG...
NA GUT, UND WO IST DIESER JOE?
ER IST NICHT MEHR DA, SEIT DAS DYNAMITLAGER HOCHGEGANGEN IST... WAS WOLLEN SIE MACHEN? DER DOKTOR HAT IHM STETS VOM RAUCHEN ABGERATEN, ABER JOE WAR DA EINFACH UNEINSICHTIG...
MORRIS
22C

ES GIBT NUR EINE MÖGLICHKEIT, DEN BRAND ZU LÖSCHEN, SHERIFF... MAN MÜSSTE DAS LOCH MIT ERDE ZUSCHÜTTEN...
DANN LOS!
IM MORGENGRAUEN...
DAS WAR'S, JASPER... WIR REITEN ZURÜCK NACH TITUSVILLE...
ICH BIN RUINIERT.
JASPER
GEHEN WIR IN DEN SALOON. EIN GLÄSCHEN WIRD IHNEN GUT TUN...
BARRY BLUNT!
ICH BRING DICH UM, DU SCHUFT!
GEHT DAS NICHT ZU WEIT, MEIN FREUND?
ER HAT DAS FEUER AN MEINER BOHRUNG GELEGT!
VERLEUMDUNG! FÜR EINE ANKLAGE BRAUCHT MAN BEWEISE...
UND DER DA? HAT DER SICH VIELLEICHT NICHT BEIM FEUERLEGEN VERBRANNT?
ICH? ICH HAB MICH AM HERD VERBRÜHT. ICH BIN BEGEISTERTER AMATEURKOCH...
ICH WERDE EINE VERLEUMDUNGSKLAGE ANSTRENGEN!
ICH GEHE WEIT WEG VON HIER, SEHR WEIT WEG, WO MAN NICHT IM GERINGSTEN WEISS, WAS ERDÖL EIGENTLICH IST... NACH ARABIEN...
HE, SHERIFF! VERHAFTEN SIE MICH! ICH HABE DEN BRAND GELEGT!
ABER BINGLE, NEIN! DU WEISST GANZ GENAU, DASS WIR DIE GANZE NACHT GEPOKERT HABEN!
WENN ICH MAL EIN ALIBI BRAUCHE, SAG ICH'S DIR RECHTZEITIG!...
MORRIS

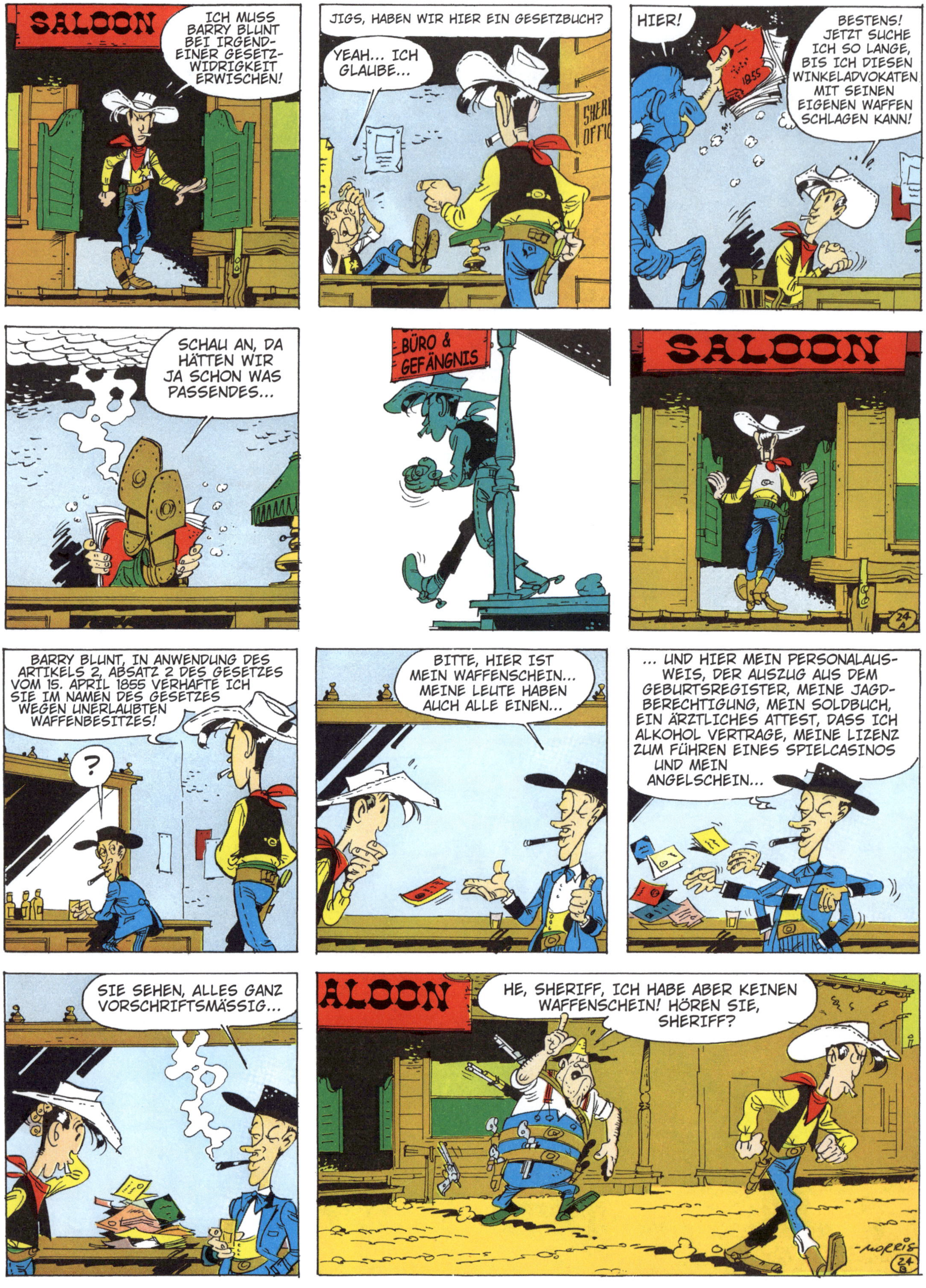
SALOON
ICH MUSS BARRY BLUNT BEI IRGEND-EINER GESETZ-WIDRIGKEIT ERWISCHEN!
JIGS, HABEN WIR HIER EIN GESETZBUCH?
YEAH... ICH GLAUBE...
HIER!
1855
BESTENS! JETZT SUCHE ICH SO LANGE, BIS ICH DIESEN WINKELADVOKATEN MIT SEINEN EIGENEN WAFFEN SCHLAGEN KANN!
SCHAU AN, DA HÄTTEN WIR JA SCHON WAS PASSENDES...
BÜRO & GEFÄNGNIS
SALOON
BARRY BLUNT, IN ANWENDUNG DES ARTIKELS 2, ABSATZ 2 DES GESETZES VOM 15. APRIL 1855 VERHAFTE ICH SIE IM NAMEN DES GESETZES WEGEN UNERLAUBTEN WAFFENBESITZES!
?
BITTE, HIER IST MEIN WAFFENSCHEIN... MEINE LEUTE HABEN AUCH ALLE EINEN...
... UND HIER MEIN PERSONALAUSWEIS, DER AUSZUG AUS DEM GEBURTSREGISTER, MEINE JAGDBERECHTIGUNG, MEIN SOLDBUCH, EIN ÄRZTLICHES ATTEST, DASS ICH ALKOHOL VERTRAGE, MEINE LIZENZ ZUM FÜHREN EINES SPIELCASINOS UND MEIN ANGELSCHEIN...
SIE SEHEN, ALLES GANZ VORSCHRIFTSMÄSSIG...
ALOON
HE, SHERIFF, ICH HABE ABER KEINEN WAFFENSCHEIN! HÖREN SIE, SHERIFF?
MORRIS

AUFGESESSEN, JUNGS! WIR SCHAUEN MAL BEI OBERST DRAKE VORBEI...
HALLO, OBERST, ICH BIN BARRY BLUNT...
ICH WEISS, MAN SPRICHT MOMENTAN VIEL VON IHNEN...
DRAKE
LASSEN SIE ES SICH GESAGT SEIN, BLUNT, MEINE ÖLQUELLE WERDEN SIE SICH NICHT ANEIGNEN!
DAS WIRD SICH ZEIGEN, OBERST, DAS WIRD SICH ZEIGEN...
NICHTS WIRD SICH ZEIGEN! BILLY UND ICH WERDEN TAG UND NACHT AUFPASSEN... UND FÜR UNGEBETENE BESUCHER HABEN WIR GENÜGEND BLEI ZUR HAND!
YEAH.
WARUM SUCHEN SIE NICHT NORMAL NACH ÖL, WIE ANDERE LEUTE AUCH? DANN MÜSSTEN SIE KEINE QUELLEN STEHLEN...
ICH WILL NICHT NUR EIN BISSCHEN ERDÖL! ICH WILL ALLES ERDÖL! UND ALLE ZÜGE UND SCHIFFE, DIE ES TRANSPORTIEREN. UND DIE RAFFINERIEANLAGEN NATÜRLICH AUCH!
DAS GANZE LAND WIRD MIR GEHÖREN!
ARMER IRRER...
DIE WOCHEN VERGEHEN... UNTER DROHUNGEN UND MIT ERPRESSUNGEN BRINGT BARRY BLUNT FAST ALLE BOHRSTELLEN AN SICH...
IN TITUSVILLE NIMMT DIE ARBEITSLOSIGKEIT STÄNDIG ZU, DA BLUNT IN MASSLOSER RAFFGIER RÜCKSICHTSLOS ENTEIGNET...
WAS MACHT DENN DER DA?
ER IST MALER UND SCHREIBT SCHILDER WIE "TOTALER EINSTELLUNGSSTOPP" UND SO...
MORRIS
WIR SIND PERSONELL AUSGELASTET
EINSTELLUNGS-STOPP
TOTALER EINSTELLUNGS-STOPP
HIER WIRD KEIN PERSONAL MEHR EINGESTELLT

ÖLSUCHER!
KOMMT ALLE ZUR
VERSAMMLUNG
HEUTE ABEND IM SALOON
ES SPRICHT
BARRY BLUNT
VORGESEHEN IST EINE
GROSSE
ÜBERRASCHUNG
VIELLEICHT HAT ER GEWISSENSBISSE UND GIBT UNS UNSERE QUELLEN ZURÜCK...
ODER WIR DÜRFEN SIE ZU WUCHERPREISEN ZURÜCKKAUFEN...
UND AM ABEND...
GUTEN ABEND, LIEBE FREUNDE...
PAY AS YOU GO
KLATSCH
KLATSCH KLATSCH
KLATSCH
KLATSCH KLATSCH
KLATSCH KLATSCH
DANKE, FREUNDE, DANKE! ICH BIN ZUTIEFST GERÜHRT...
KLATSCH
KLATSCH
KLATSCH
KLATSCH
KLATSCH
KLATSCH
IHR HABT ALLE EIN WENIG VOREILIG EURE ÖLQUELLEN VERKAUFT UND SEID JETZT ARBEITSLOS...
ICH SCHLAGE DAHER VOR, DASS IHR VON NUN AN FÜR MICH ARBEITET, JEDER AN SEINEM FRÜHEREN BOHRLOCH... STUNDENLOHN 10 CENTS...
10 CENTS?
WER EINVERSTANDEN IST, KANN SICH BEIM VERLASSEN DES SALOONS EINTRAGEN. ALLE ANDEREN VERSCHWINDEN SOFORT AUS TITUSVILLE, DENN ICH HABE WAS GEGEN DRÜCKEBERGER!
KLATSCH
KLATSCH

JONES...
WIE SCHREIBT MAN DAS?
ICH LASSE MICH NUR EINSCHREIBEN, WEIL ICH NICHT MAL GELD ZUM VERLASSEN DER STADT HABE...
MICH TREIBT DIE ANGST, DA ICH SEHR FURCHTSAM BIN...
ICH BIN OBERST DRAKE...
DRAKE...
... UND ICH ARBEITE NICHT FÜR BLUNT! ER SOLL NUR VERSUCHEN, MICH AUS TITUSVILLE ZU VERJAGEN!
SIE HABEN MUT, OBERST! UNS BEIDEN MÜSSTE ES EIGENTLICH GELINGEN, TITUSVILLE VON DIESEM GEFÄHRLICHEN IRREN ZU BEFREIEN!
ICH KOMME NACHHER ZU IHNEN. UNS WIRD SCHON WAS EINFALLEN...
SIE SIND JEDERZEIT WILLKOMMEN...
EINS, ZWEI! EINS, ZWEI!...
SALOON
IN DER KOLONNE WIRD NICHT GESPROCHEN!
BEWACHEN SIE DAS GEFÄNGNIS GUT, JIGS! ICH ZIEHE UM ZU OBERST DRAKE...
OKAY, LUKE!

UNTER DROHUNGEN UND ZWANG GEHT DIE ARBEIT AUF DEN ÖLFELDERN FLOTT VORAN...
SCHNELLER, IHR FAULES PACK!
IN TITUSVILLE ÄNDERT SICH EINIGES...
SALOON ZUM FÜNDIGEN ÖLSUCHER
BARRY BLUNT HAT ALLE GESCHÄFTE DER STADT AUFGEKAUFT. SO MÜSSEN DIE ANGESTELLTEN VON BARRY BLUNT BEI BARRY BLUNT EINKAUFEN, ZU PREISEN, DIE BARRY BLUNT FESTSETZT...
SUPERMARKT BARRY BLUNT
LEUTE, KAUFT HEUTE! MORGEN PREISERHÖHUNG
BARRY BLUNTS NEUER SALOON
BARRY BLUNT PALACE HOTEL
BARRY BLUNT SALOON
FREMDE WERDEN RIGOROS ABGEWIESEN...
ICH WILL NUR ÖL SUCHEN.
KANNST DU NICHT LESEN? DA STEHT ALLES DRAUF!
TITUSVILLE PRIVAT-EIGENTUM
ES LÄUFT, BARRY! HIER, DIE ZAHLEN VON HEUTE!
JA, ES LÄUFT... ABER DAS NÜTZT MIR NICHTS!
SOLANGE ICH DRAKES ÖL-QUELLEN NICHT HABE, BIN ICH NOCH NICHT DER GRÖSSTE HIER! LUCKY LUKE PASST SCHARF AUF...
STIMMT...
WIR MÜSSEN BLUNT UNBEDINGT BEI EINER GESETZWIDRIGKEIT ERWISCHEN UND IHN INS GEFÄNGNIS BRINGEN!
ABER KEIN MENSCH WÜRDE ES WAGEN, ALS ZEUGE GEGEN IHN AUSZUSAGEN!
DRAKE
MORRIS

ICH BIN DRAN MIT DER WACHE, ONKEL BILLY! GUTE NACHT!
IST GUT, LUKE...
DRAKE
MITTERNACHT, UND ALLES IST RUHIG.
DA IST WER! DA SCHLEICHT JEMAND HERUM...
RATSCH... RATSCH... RATSCH...
... VERDAMMTE ZÜNDHÖLZER... ALLE VOM REGEN DURCHWEICHT!
RATSCH RATSCH
DARF ICH IHNEN FEUER GEBEN?
ALARM! WIR HABEN BESUCH!
BUMM! AUA! BLAMM! AUUH! KLOPS!
BINGLE!
E. L. DRAKE
ICH ... ICH WOLLTE DIE ÖLQUELLE ANZÜNDEN UND MICH DANN STELLEN... SIE HÄTTEN MICH INS GEFÄNGNIS ZU MEINER EIGENEN ÖLQUELLE STECKEN MÜSSEN...
MORRIS

WAS MACHEN WIR MIT IHM?
WIR VERHAUEN IHN ANSTÄNDIG UND LASSEN IHN DANN LAUFEN!
NEIN! VERHAUT MICH, SO LANGE IHR WOLLT, ABER LASST MICH NICHT LAUFEN!
RATSCH
E. L. DRAKE
ICH WEISS WAS BESSERES... ICH MACHE IHNEN EINEN VORSCHLAG, BINGLE...
?
SIE BRINGEN BARRY BLUNT SO IN WUT, DASS ER SICH VERGISST UND IN EINE GESETZWIDRIGKEIT HINEINSCHLITTERT. DANN SAGEN SIE GEGEN IHN AUS, UND DAMIT IST ER FÜR EINIGE ZEIT AUSGESCHALTET...
NEIIIIN!
ICH WILL INS GEFÄNGNIS UND NICHT AUF DEN FRIEDHOF!
WENN DAS SO IST, DANN SIND SIE FREI! WENN SIE JEDOCH DER JUSTIZ EINEN DIENST ERWEISEN, DANN SCHICKE ICH SIE INS GEFÄNGNIS!
EINVERSTANDEN, I...ICH MACHE ES...
ALSO, WIR GEHEN FOLGENDERMASSEN VOR... WIR REITEN MORGEN IN ALLER HERRGOTTSFRÜHE NACH TITUSVILLE UND...
AM NÄCHSTEN MORGEN...
HIER IST MEIN TESTAMENT... FALLS MIR ETWAS ZUSTÖSST, MÖCHTE ICH IN EINEM ÖLFASS BEIGESETZT WERDEN...
BARRY BLUNT SALOON
MORRIS
VIEL GLÜCK, BINGLE!

BINGLE, ICH HABE DIR BEREITS GESAGT, DASS ICH DICH HIER NICHT MEHR SEHEN WILL! UND SCHON GAR NICHT BEIM ESSEN! RAUS HIER!
D...DUDUDU MACHST MIR K...K...KEINE ANGST MEHR, BARRY!
DU BIST JA SCHON AM VORMITTAG BETRUNKEN, BINGLE! KANNST FROH SEIN, DASS ICH GUTER LAUNE BIN...
JETZT ODER NIE!
DU BIST EIN FALSCHER FUFFZIGER!
?
HA! HA! HA! HA!
HOHO, DU MACHST MIR SPASS, BINGLE! HA! HA! HA!
ES GEHT DOCH NICHTS ÜBER EINE SCHÖNE HEISSE TASSE KAFFEE!
WAS IST DENN HIER LOS?
?
!!
ER HAT MICH GESCHLAGEN, SHERIFF!
BARRY BLUNT, ICH VERHAFTE SIE IM NAMEN DES GESETZES!

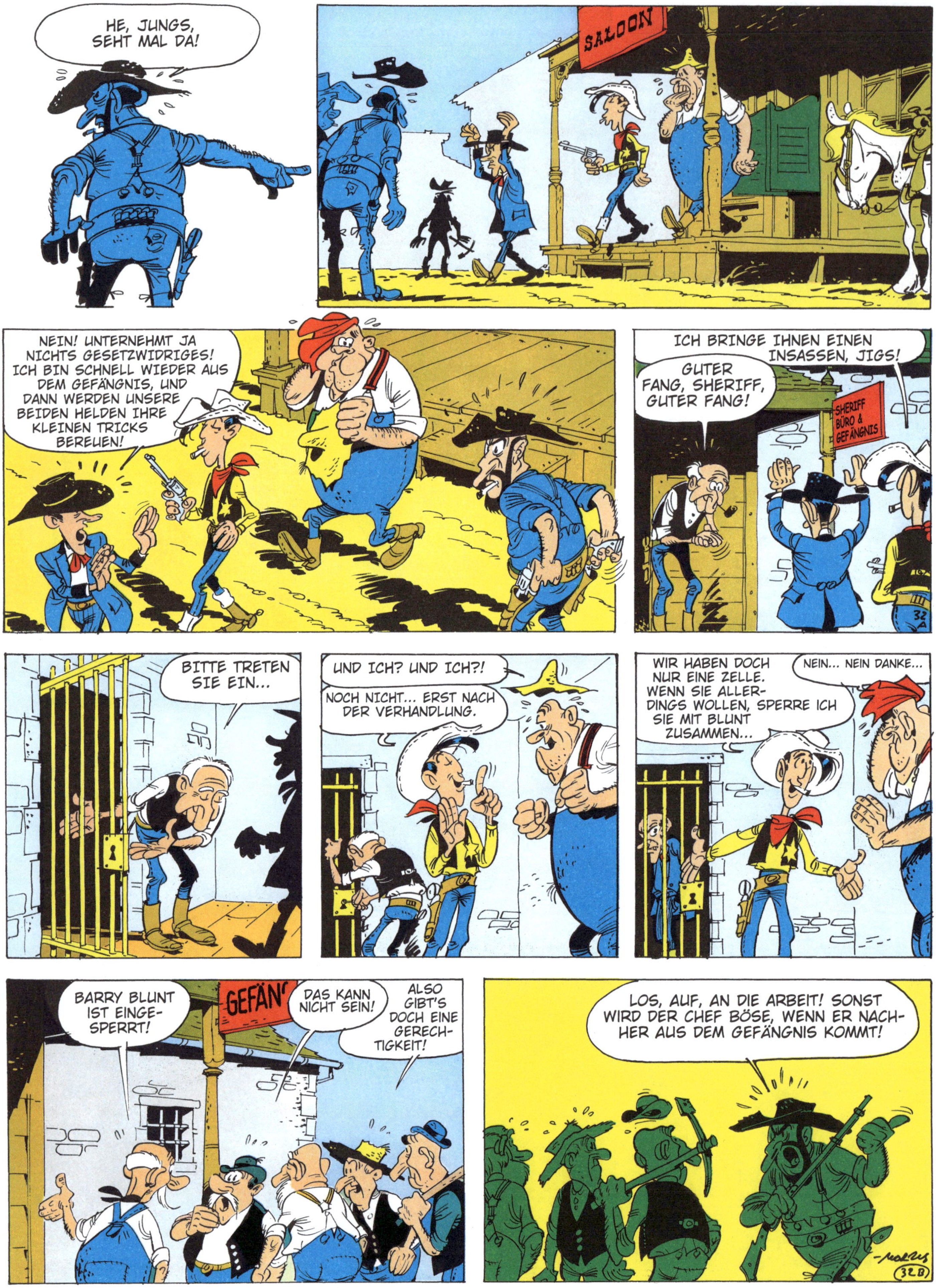
HE, JUNGS, SEHT MAL DA!
SALOON
NEIN! UNTERNEHMT JA NICHTS GESETZWIDRIGES! ICH BIN SCHNELL WIEDER AUS DEM GEFÄNGNIS, UND DANN WERDEN UNSERE BEIDEN HELDEN IHRE KLEINEN TRICKS BEREUEN!
ICH BRINGE IHNEN EINEN INSASSEN, JIGS!
GUTER FANG, SHERIFF, GUTER FANG!
SHERIFF BÜRO & GEFÄNGNIS
32 A
BITTE TRETEN SIE EIN...
UND ICH? UND ICH?!
NOCH NICHT... ERST NACH DER VERHANDLUNG.
WIR HABEN DOCH NUR EINE ZELLE. WENN SIE ALLERDINGS WOLLEN, SPERRE ICH SIE MIT BLUNT ZUSAMMEN...
NEIN... NEIN DANKE...
BARRY BLUNT IST EINGESPERRT!
GEFÄN
DAS KANN NICHT SEIN!
ALSO GIBT'S DOCH EINE GERECHTIGKEIT!
LOS, AUF, AN DIE ARBEIT! SONST WIRD DER CHEF BÖSE, WENN ER NACHHER AUS DEM GEFÄNGNIS KOMMT!
MORRIS
32 B

ROB. E. GLUTTON RICHTER
JETZT MUSS ICH NOCH DEN RICHTER BENACHRICHTIGEN...
BONK! BONK!
WAS GIBT'S?
ICH MÖCHTE SIE ZUR VERHANDLUNG GEGEN BARRY BLUNT ABHOLEN. SIE MÜSSEN IHN VERURTEILEN, FALLS ER SCHULDIG IST...
BARRY BLUNT?! NEIN!! ICH LEGE MEIN AMT NIEDER!
?
MEMME!
KLAPPT ETWAS NICHT BEI IHREN BEMÜHUNGEN?
33A
HAST DU AUCH DEN KANARIENVOGEL NICHT VERGESSEN, EMMILY?
NEIN, ROBERT. ALLES IST DA, AUCH GROSSVATER UND DIE STANDUHR.
SEHEN SIE SELBST! WIR HABEN IN TITUSVILLE KEINEN RICHTER MEHR!
WIR MÜSSEN SOFORT EINEN NEUEN RICHTER WÄHLEN!
ICH SCHLAGE DEN OBERSTEN ALS KANDIDATEN VOR!
VORTREFFLICHE IDEE!
ZU VIEL DER EHRE, MEINE FREUNDE...
ICH LASSE DIE PLAKATE DRUCKEN.
BEKANNTMACHUNG
BÜRGER VON TITUSVILLE! MORGEN WIRD EIN NEUER RICHTER ANSTELLE DES ZURÜCKGETRETENEN ROBERT E. GLUTTON GEWÄHLT. STIMMABGABE UND AUSZÄHLUNG IM SCHUPPEN NEBEN DEM GEFÄNGNIS.
DER SHERIFF
MORRIS
33B

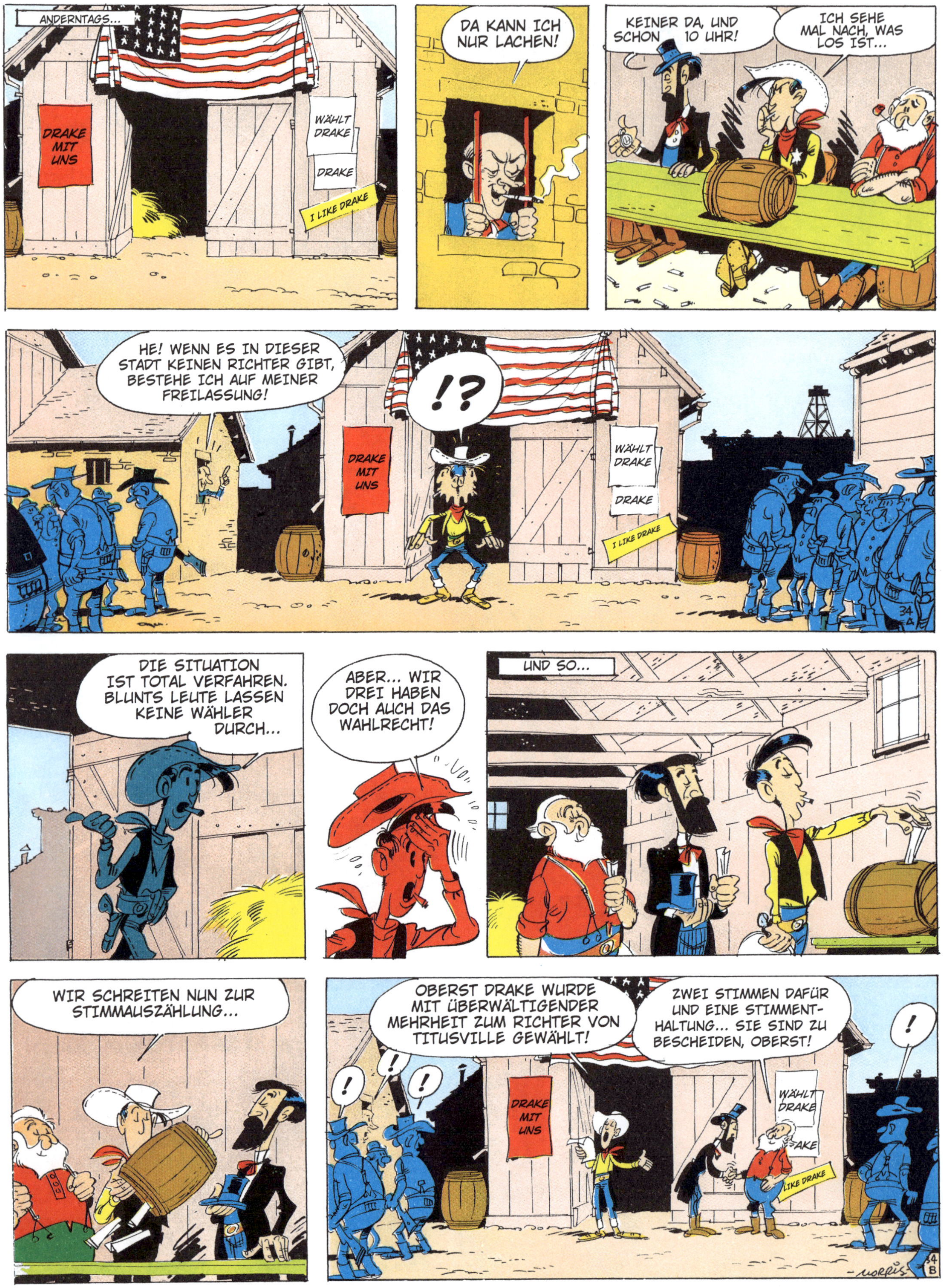

ANDERNTAGS...
DRAKE MIT UNS
WÄHLT DRAKE
DRAKE
I LIKE DRAKE
DA KANN ICH NUR LACHEN!
KEINER DA, UND SCHON 10 UHR!
ICH SEHE MAL NACH, WAS LOS IST...
HE! WENN ES IN DIESER STADT KEINEN RICHTER GIBT, BESTEHE ICH AUF MEINER FREILASSUNG!
!?
DRAKE MIT UNS
WÄHLT DRAKE
DRAKE
I LIKE DRAKE
DIE SITUATION IST TOTAL VERFAHREN. BLUNTS LEUTE LASSEN KEINE WÄHLER DURCH...
ABER... WIR DREI HABEN DOCH AUCH DAS WAHLRECHT!
UND SO...
WIR SCHREITEN NUN ZUR STIMMAUSZÄHLUNG...
OBERST DRAKE WURDE MIT ÜBERWÄLTIGENDER MEHRHEIT ZUM RICHTER VON TITUSVILLE GEWÄHLT!
ZWEI STIMMEN DAFÜR UND EINE STIMMENTHALTUNG... SIE SIND ZU BESCHEIDEN, OBERST!
!
!
!
!
DRAKE MIT UNS
WÄHLT DRAKE

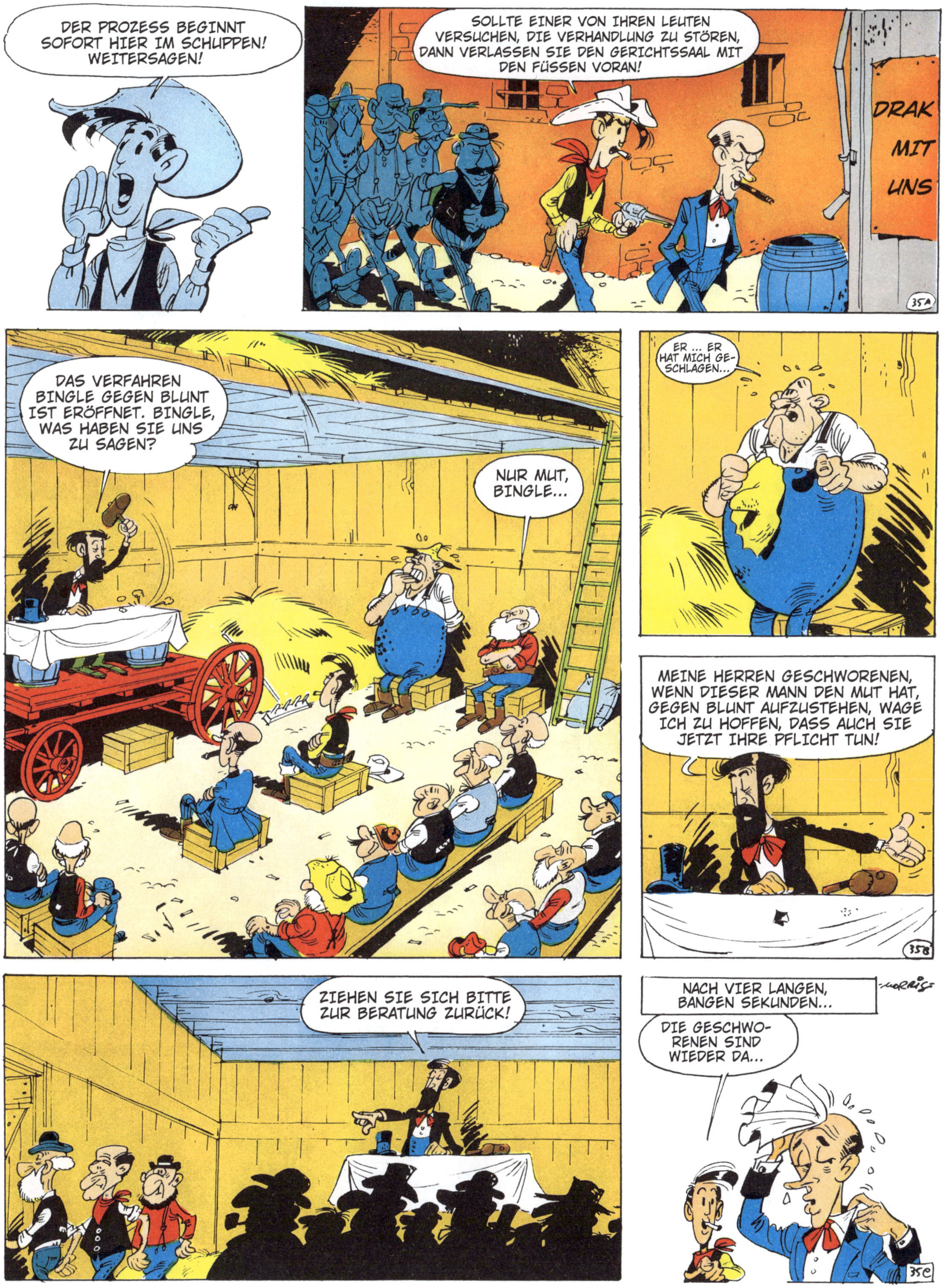
DER PROZESS BEGINNT SOFORT HIER IM SCHUPPEN! WEITERSAGEN!
SOLLTE EINER VON IHREN LEUTEN VERSUCHEN, DIE VERHANDLUNG ZU STÖREN, DANN VERLASSEN SIE DEN GERICHTSSAAL MIT DEN FÜSSEN VORAN!
DRAK MIT UNS
DAS VERFAHREN BINGLE GEGEN BLUNT IST ERÖFFNET. BINGLE, WAS HABEN SIE UNS ZU SAGEN?
NUR MUT, BINGLE...
ER ... ER HAT MICH GE-SCHLAGEN...
MEINE HERREN GESCHWORENEN, WENN DIESER MANN DEN MUT HAT, GEGEN BLUNT AUFZUSTEHEN, WAGE ICH ZU HOFFEN, DASS AUCH SIE JETZT IHRE PFLICHT TUN!
ZIEHEN SIE SICH BITTE ZUR BERATUNG ZURÜCK!
NACH VIER LANGEN, BANGEN SEKUNDEN...
DIE GESCHWO-RENEN SIND WIEDER DA...

HAT DIE JURY EINE ENTSCHEIDUNG GETROFFEN?
JURY
YEAH, EUER EHREN...
DIESER GENTLEMAN IST SCHULDIG!
BRAVO! ICH VERURTEILE IHN ZU ZWANZIG JAHREN GEFÄNGNIS!
JIPIIEE!
DIE SITZUNG IST GESCHLOSSEN!
DER RICHTER LEBE HOCH!
NIEDER MIT BARRY BLUNT!
IHR WISST JA, WAS IHR ZU TUN HABT, JUNGS!
RUHE!
UMS ERDÖL KANN ES EINEM JA LEID TUN, ABER ICH VERZIEHE MICH TROTZDEM UND WERDE EHRLICH! DAS IST VIEL GESÜNDER.
NACHTS DANN...
MORGEN ÜBERFÜHRE ICH BLUNT INS ZUCHTHAUS... WENN HEUTE NACHT NICHTS DAZWISCHENKOMMT...
PAH, DA WIRD NICHTS PASSIEREN...
BUUMMM!
?
FEUER! FEUER!
MORRIS

DAS IST DAS ENDE VON TITUS-VILLE!
DIE ÖLFELDER BRENNEN!
RETTE SICH, WER KANN!
!
AUF, JOLLY JUMPER!
HIER KANN MAN ABER AUCH NIE DURCH-SCHLAFEN!
SALUT, OBERST! GEHT HEISS HER HIER, WIE?
LOS, AN DIE ARBEIT! DER BRAND MUSS GELÖSCHT WERDEN!
WARUM SOLLTEN WIR? DIE ÖLQUELLEN GEHÖREN UNS JA NICHT MEHR!
PER GERICHTSENTSCHEID WERDEN DIE VON DEM VERURTEILTEN BARRY BLUNT GESTOHLENEN ERDÖLBOHRSTELLEN AN DIE RECHTMÄSSIGEN BESITZER ZURÜCK-GEGEBEN!
AN DIE ARBEIT!
ICH HABE DAS DYNAMIT!
BEEILT EUCH!
WIRD LANGE DAUERN, BIS DAS ALLES GELÖSCHT IST!
JIGS! WAS MACHEN SIE HIER? WER PASST AUF BLUNT AUF?
BARRY BLUNT! HAB ICH DOCH TOTAL VERGESSEN!
EINMAL HIN, EINMAL HER UND RINGSHERUM... ALSO MIR REICHT´S! DIE REITEN, ABER ICH MUSS LAUFEN!
WENN WIR NUR RECHTZEITIG HINKOMMEN!

ZU SPÄT! DER VOGEL IST AUSGEFLOGEN!
ER LIESS EINEN ZETTEL DA!
Lucky Luke,
ich wollte mich ganz legal
dieses Landstrichs bemächtigen.
Sie sind schuld, dass es nicht
geklappt hat. Ich habe nichts
mehr zu verlieren.
Wir sehen uns wieder!
Barry Blunt
ICH WÜRDE AN IHRER STELLE WIEDER IN DEN WESTEN REITEN, SHERIFF!
ICH HABE EINEN REVOLVER UND EIN PFERD! ICH FÜRCHTE MICH NICHT VOR BARRY BLUNT!
WIR DÜRFEN HIER NICHT HERUMTRÖDELN, BOSS! DIE WISSEN GANZ GENAU, DASS WIR DIESES PRÄCHTIGE FEUERCHEN GELEGT HABEN...
WIR ZIEHEN UNS ERST DANN ZURÜCK, WENN ICH MICH AN LUCKY LUKE GERÄCHT HABE!
WIR GEHEN VORHER, BLUNT! SONST ERWISCHT UNS NOCH DIE KAVALLERIE!
NA GUT, VERLASST DAS ÖLFELD! ICH BLEIBE!
FEIGE BANDE!

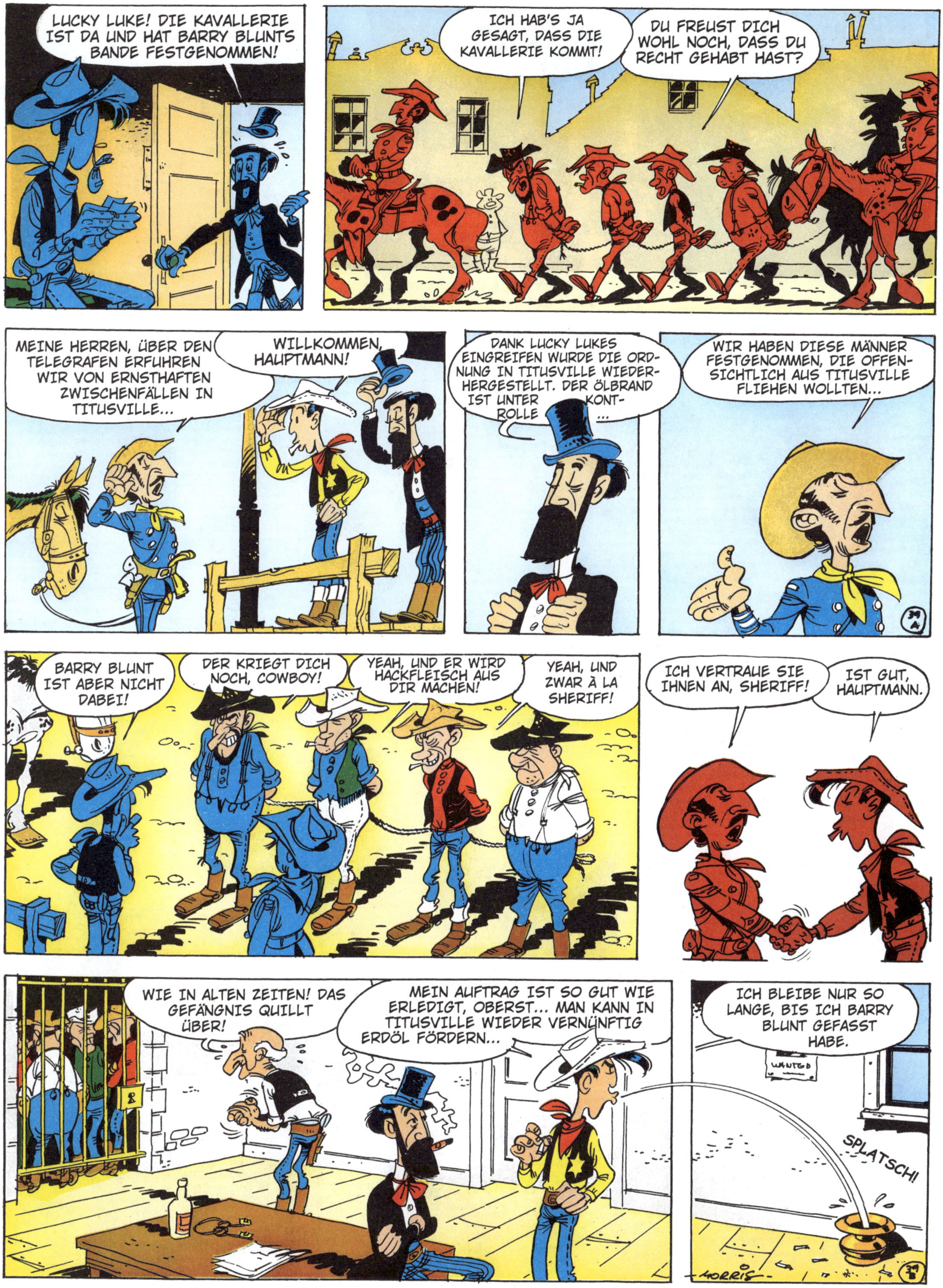
LUCKY LUKE! DIE KAVALLERIE IST DA UND HAT BARRY BLUNTS BANDE FESTGENOMMEN!
ICH HAB'S JA GESAGT, DASS DIE KAVALLERIE KOMMT!
DU FREUST DICH WOHL NOCH, DASS DU RECHT GEHABT HAST?
MEINE HERREN, ÜBER DEN TELEGRAFEN ERFUHREN WIR VON ERNSTHAFTEN ZWISCHENFÄLLEN IN TITUSVILLE...
WILLKOMMEN, HAUPTMANN!
DANK LUCKY LUKES EINGREIFEN WURDE DIE ORDNUNG IN TITUSVILLE WIEDERHERGESTELLT. DER ÖLBRAND IST UNTER KONTROLLE ...
WIR HABEN DIESE MÄNNER FESTGENOMMEN, DIE OFFENSICHTLICH AUS TITUSVILLE FLIEHEN WOLLTEN...
BARRY BLUNT IST ABER NICHT DABEI!
DER KRIEGT DICH NOCH, COWBOY!
YEAH, UND ER WIRD HACKFLEISCH AUS DIR MACHEN!
YEAH, UND ZWAR À LA SHERIFF!
ICH VERTRAUE SIE IHNEN AN, SHERIFF!
IST GUT, HAUPTMANN.
WIE IN ALTEN ZEITEN! DAS GEFÄNGNIS QUILLT ÜBER!
MEIN AUFTRAG IST SO GUT WIE ERLEDIGT, OBERST... MAN KANN IN TITUSVILLE WIEDER VERNÜNFTIG ERDÖL FÖRDERN...
ICH BLEIBE NUR SO LANGE, BIS ICH BARRY BLUNT GEFASST HABE.
WANTED
SPLATSCH!
MORRIS

ZWEI TAGE NACH DER FEUERSBRUNST IN TITUSVILLE...
GESUCHT
TOT ODER LEBENDIG
BELOHNUNG: VIER FÄSSER ERDÖL
HE! HE! IN DIESER VERKLEIDUNG ERKENNT MICH BESTIMMT NIEMAND! UND JETZT AUF ZU DRAKE!
HABEN SIE NICHT ARBEIT FÜR MICH, BOSS? ICH HABE ALLES BEI DEM BRAND VERLOREN...
?
DRAKE
JA, EINEN AFFEN* KÖNNTE ICH BRAUCHEN, ABER DAFÜR BIST DU ZU ALT!
* BEZEICHNUNG FÜR DEN MANN, DER GANZ OBEN AUF DEM BOHRTURM ARBEITET.
LASSEN SIE'S MICH VERSUCHEN, BOSS!
GIB ACHT AUF DEINEN RHEUMATISMUS, OLDTIMER!
LUCKY LUKE KOMMT SICHER BALD ZU BESUCH... VON HIER OBEN AUS VERFEHLE ICH IHN NICHT!
RECHT SO, BOSS?
OKAY, OLDTIMER, DU BIST EINGE-STELLT!
DRAKE

HALLO, OBERST! SALUT, ONKEL BILLY!
SALUT, LUCKY LUKE! HABEN SIE NEUIGKEITEN ÜBER BARRY BLUNT?
DRAKE
UND GANZ OBEN IM BOHRTURM...
LUCKY LUKE IST DA!
ICH ... ICH DARF IHN NICHT VERFEHLEN!
PENG!
VERFEHLT! VERFEHLT! VERFEHLT!
ICH BIN BARRY BLUNT! DU HAST MICH DARAN GEHINDERT, ALLES ERDÖL ZU BEKOMMEN... DAS WIRST DU MIR BÜSSEN! ICH ERWISCHE DICH, LUCKY LUKE! HAHAHA!
!
DRAKE
ICH HABE DYNAMIT! KOMM RAUS, ODER ICH JAGE DIE FÖRDERANLAGE VON DRAKE IN DIE LUFT! DANN IST ER RUINIERT! ICH ZÄHLE BIS DREI! EINS!
SCHHH...
ZWEI!
LUKE, NICHT! SIE SEHEN DOCH, DASS ER VERRÜCKT GEWORDEN IST! BLEIBEN SIE HIER!
DR...
PENG!
KOMM RUNTER, BLUNT! ICH WILL DICH LEBEND!
MORRIS

MACH'S GUT, STÖRENFRIED!
BRRRR...
BRRRRRR
?
BRUMMBRRRRUMMMM
BRUMMBRRRRUMMMMM
RRRADABRROUMMMM
JIPIIEEE! WIR HABEN EINE NEUE ÖLBLASE ANGEBOHRT!
RASCH, DIE PLANE! ER STÜRZT RUNTER!
PFLOTSCH!
ARMER KERL! DIE EINZIGE BOHRUNG, AN DER ER SELBST BETEILIGT WAR, IST SEIN UNTERGANG...
ICH WILL NICHTS MEHR VON DEM
HÖREN!

DAS WAR'S, MEINE HERREN! TITUSVILLE IST VON DIESEM VERBRECHERPACK BEFREIT!
SHERIFF BÜRO & GEFÄNGNIS
DAS VERDANKEN WIR IHNEN, LUCKY LUKE!
YEAH!
JETZT KANN ES HIER WIEDER FRIEDLICH ZUGEHEN. DIE ERDÖLFÖRDERUNG WIRD SICH NORMALISIEREN, DIE AUSSICHTEN AUF WIRTSCHAFTLICHE RENTABILITÄT SIND VIELVERSPRECHEND...
WIR GALOPPIEREN JETZT WIEDER ZURÜCK IN DEN WESTEN, MEIN LIEBER!
ENDLICH MAL WAS NETTES!
BLEIBEN SIE BEI UNS, LUCKY LUKE! SIE WERDEN REICH UND...
YEAH!
NEIN. MEINE MISSION IST BEENDET. JOLLY UND ICH MÜSSEN WIEDER FRISCHE PRÄRIELUFT SCHNUPPERN...
GUT FORMULIERT, COWBOY!
ALS NEUER BÜRGERMEISTER VON TITUSVILLE ERLAUBE ICH MIR IM NAMEN DER STADTVERWALTUNG, IHNEN DIESES MASSIV GOLDENE ERDÖLFÄSSCHEN ZU ÜBERREICHEN, ALS ZEICHEN UNSERES DANKES DAFÜR, DASS WIEDER RUHE UND VERNUNFT IN UNSEREM STÄDTCHEN HERRSCHEN UND...
PAPA! PAPA!
!
PAPA! IN UNSEREM GARTEN SPRUDELT ERDÖL!
!
!
JUHUUU!
JIPIIEEE!
MORRIS

UNVERBESSERLICH! SIE SIND EINFACH UNVERBES-SERLICH!
WENN ICH NUR WÜSSTE, OB ES GUT WAR, DEN BOHR-TURM ZU ERFINDEN...
ICH BIN FEST DAVON ÜBERZEUGT, DASS MAN SIE IN HUNDERT JAHREN ALS WOHLTÄTER DER MENSCHHEIT FEIERT...
SALOON
EIN LETZTER BLICK, JOLLY JUMPER...
PUUUH!
...UND DANN NICHTS WIE AB NACH TEXAS, WO ES KEIN ERDÖL GIBT!
HOPPE, HOPPE, REITER...
ENDE
MORRIS

Das komplette LUCKY LUKE-Programm

Band 15 | Band 16 | Band 17 | Band 18 | Band 19 | Band 20 | Band 21 | Band 22

Band 23 | Band 24 | Band 25 | Band 26 | Band 27 | Band 28 | Band 29 | Band 30

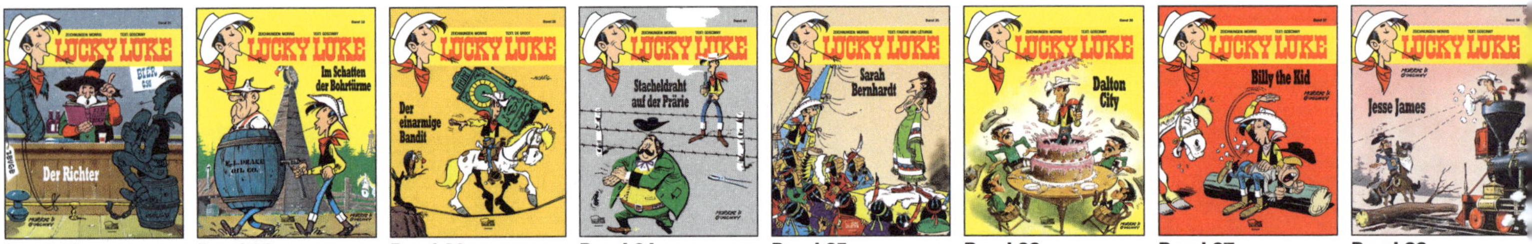

Band 31 | Band 32 | Band 33 | Band 34 | Band 35 | Band 36 | Band 37 | Band 38

Band 39 | Band 40 | Band 41 | Band 42 | Band 43 | Band 44 | Band 45 | Band 46

Band 47 | Band 48 | Band 49 | Band 50 | Band 51 | Band 52 | Band 53 | Band 54

Band 55 | Band 56 | Band 57 | Band 58 | Band 59 | Band 60 | Band 61 | Band 62

Band 63 Band 64 Band 65 Band 66 Band 67 Band 68 Band 69 Band 70

Band 71 Band 72 Band 73 Band 74 Band 75 Band 76 Band 77 Band 78

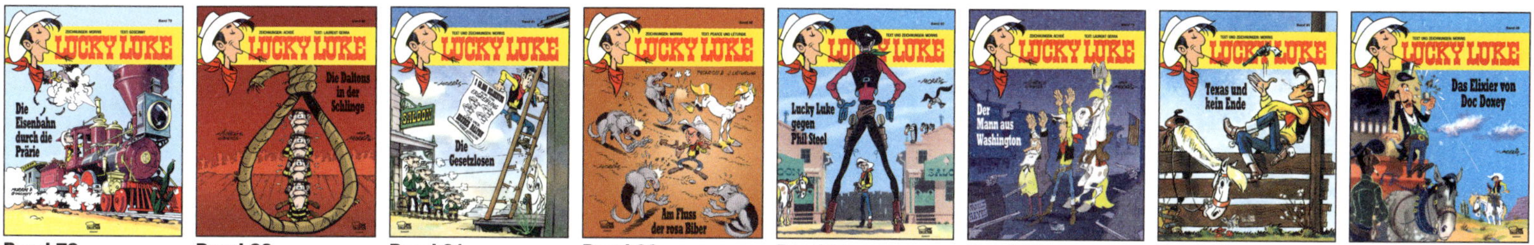

Band 79 Band 80 Band 81 Band 82 Band 83 Band 84 Band 85 Band 86

Band 87 Band 88 Band 89 Band 90 Band 91 Band 92 Band 93 Band 94

Band 95 Band 96 Band 97 Band 98 Band 99 Band 100 Band 101

Überall im Buchhandel erhältlich!